「見てのとおり、マグメルは俺の嫁だ。
だからあなたに渡すわけにはいかない。
悪いな、ポルコさん」

「は、はい、産みます……。
ですから私の中に、イグザさまの子種を……
ああっ♡　そ、そこは子宮の……
や、そんな奥まで……」

「グ、ギギギギ……ッ。
オ、俺ノ女神イイイイ
イイイイイイイイイイ
イイイイイイイイ
イイイイイイイイッッ!!」

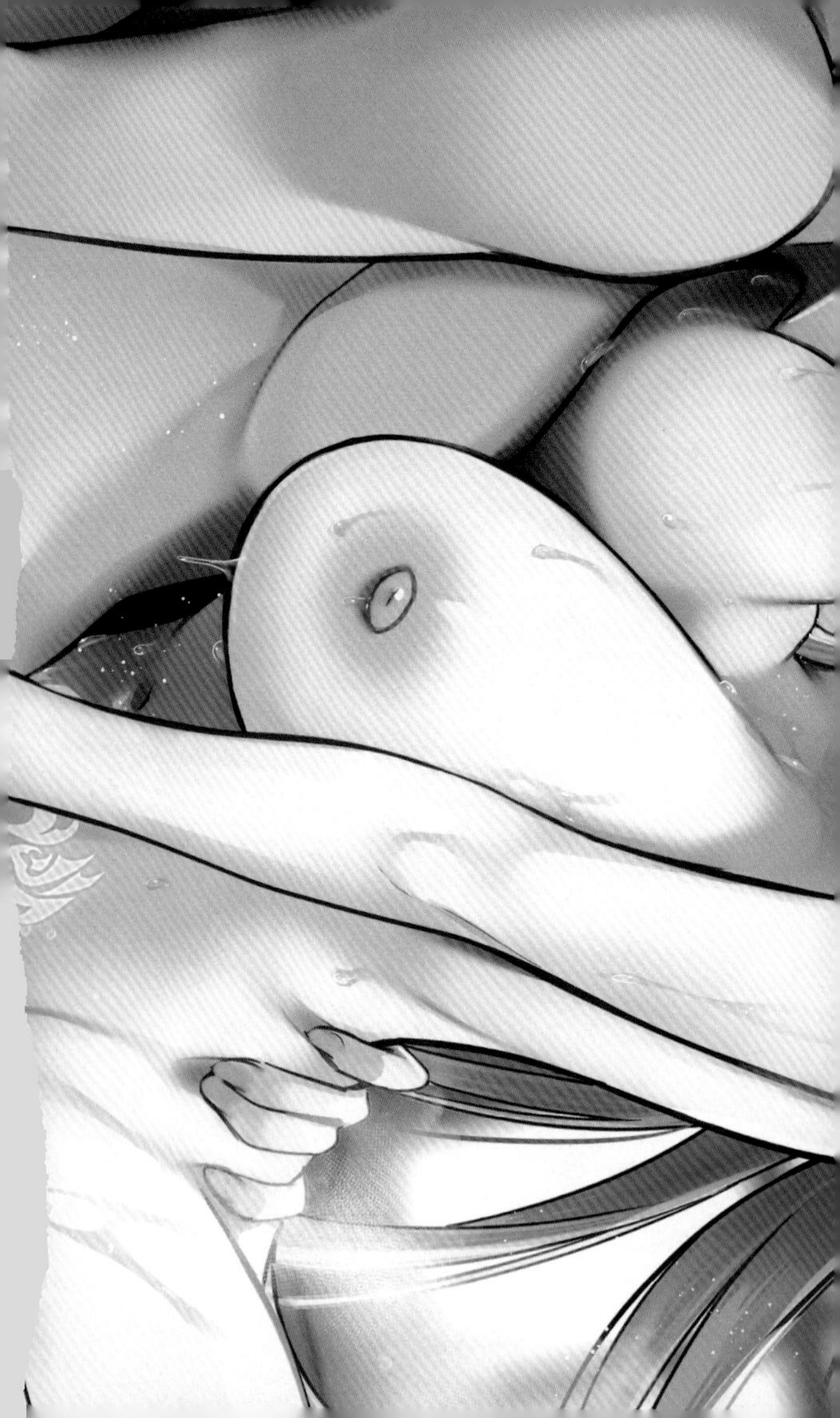

「――〝《神纏》閃皇七星界吼〟ッッ!!」
グランド
フルシャイニンググレイ

「行くぞ、マグメル……っ。
俺の子を、
産んでくれ……っ」

ダッシュエックス文庫

パワハラ聖女の幼馴染みと絶縁したら、何もかもが上手くいくようになって最強の冒険者になった5
～ついでに優しくて可愛い嫁もたくさん出来た～

くさもち

115章 〝弓〟の決着

〝終焉の女神〟――フィーニスさまによって黒人形化された聖者たちを止めるべく、各亜人たちの里へと急ぎ向かうことになった俺たちは、エルフの里から少し離れた樹海上空で〝弓〟の聖者――カナンとの激闘を繰り広げていた。

「「はああああああああああああああああああああっ！」」

――どひゅううううううううううううううううううううっ！

「グガアアアアアアアアアアアアアアアアアアアアッ！」

――どぱんっ！

空を縦横無尽に翔けながら、俺たちは互いに必殺級の一撃を見舞い合う。

神器の力の影響か、黒人形化された聖者たちは〝獣化〟よりもさらに上の開放状態――通称〝幻想形態〟を発現しており、その力は鳳凰紋章で強化された聖女たちを完全に凌駕していた上、俺の浄化能力すら上回るほどだった。

「後ろよ、イグザ！」

「ああ、わかってる！」

――ずひゅううううううううううううううううううううっ！

だがそこで鳳凰紋章（フェニックスシール）の真の力が覚醒（かくせい）する。


――〝聖女武装（スペリオルアームズ）〟。


聖女たちと心身ともに一つになることによって、彼女たちの聖具を俺が扱えるようになるという、文字通り最強の戦闘形態である。

ゆえにシャンガルラ戦ではティルナと《皇拳（おうけん）》の聖女武装（スペリオルアームズ）を、そして今はザナと《天弓（てんきゅう）》の聖女武装（スペリオルアームズ）を発動させ、俺たちは〝ダークハイエルフ〟となったカナンと互角（ごかく）以上の戦闘を繰り広げていたのだ。

「グギ……ガ……ッ」

放った攻撃がことごとく相殺（そうさい）または躱（かわ）され続け、さすがのカナンも苛立（いらだ）ちを隠せないらしい。

――だがそれでいい。

やつの注意が俺たちに釘付（くぎづ）けになっていてくれれば、それだけこちらも〝準備〟がしやすくなるからだ。

「あと二カ所か？」

「ええ、そうよ。それで〝仕掛け〟は終わるわ」

「よし」

頷き、俺たち（ザナは幽体化中）はカナンに向けて峻烈な光の矢を構える。


「――〝《神纏》風絶轟鋼牙〟ッッ!!」


――どばあああああああああああああああああああんっ！

風属性を孕んだ光の矢が高速で螺旋を描きながらカナンへと迫る。

「グガウッ！」

だが幻想形態と化したカナンの速度は凄まじく向上しており、直前で躱されてしまった。

――ずがんっ！

おかげで俺たちの攻撃はそのまま木々を薙ぎ倒し、地表を大きく削る。

あまり森を壊したくはないのだが、今は仕方あるまい。

「ウグアアアアアアアアアアアアアアアアアアアアアアアッ！」

――ずびゅうううううううううううううううううううっ！

カナンの背から放たれた無数の追尾攻撃を躱しながら、俺たちは最後のポイントとカナンが重なるように紫電の矢を射る。

「――〝《神纏(グランド)》紫閃瞬杭(エクレールシュート)〟ッッ!!」

――どひゅううううううううううううううううううっ！

「ギッ!?」

さすがは雷属性最速武技(ぶぎ)だけあってカナンも避(よ)けきれなかったらしい。

「グ、ガ……ギ……ッ」

これで行動不能になってくれれば楽だったのだが、カナンは左半身を吹き飛ばされてもなお憎悪(ぞうお)の視線をこちらに向け続けていた。

それどころか、

「……グ、ギィアアアアアアアアアアアアアアアアアアアアアアアアアアアッッ!!」

雄叫(おたけ)びとともにずりゅりと失った半身を超再生させたではないか。

「なるほど。取り込んだ生命力は再生にも使えるってわけか。こいつは厄介(やっかい)だな」

「そうね。《隷柔の羽衣(マナアブソーブ)》で絶えず周囲から生命力を吸い上げつつ、私たちの攻撃すらも取り込み、威力(いりょく)を倍増させて撃ち返してくる。まさに無敵の能力ね」

「ああ。だがこうやって身体(からだ)を吹き飛ばせる以上、全(すべ)ての攻撃に対して有効なわけじゃないらしいな。恐らくはさっき君が言ったように取り込める量に限度があるんだと思う。俺たちの攻撃は基本的にどれも高威力だからな。よほど力を使った時じゃないと溢れちまうんだろうさ」

「みたいね。まあだからこそこれだけ大がかりな〝仕掛け〟を施したのだけれど」

「そうだな。あとはやつを所定の位置まで誘き出すだけなんだが……」

そこで俺はふと先ほどのカナンを思い出す。

俺たちに攻撃を無効化されて苛立っていたくらいだし、もしかしたら挑発の類が効くのではないだろうか。

そう考えた俺は、少々苦手ではあるものの、不遜な口調でカナンに語りかける。

「どうした？　お前の力はそんなものか？」

「グルゥ……ッ」

……おっ？

「正直、がっかりしたよ。皆から強制的に力を奪っておいてこの程度とはな。〝弓〟の聖者が聞いて呆れる」

「グギギギ……ッ！」

どうやらこちらの言葉はカナンに届いているらしい。

それがカナン自身の意識なのかはわからないが、とにかく挑発は有効のようだ。

ならば、と俺はさらにやつが反応しそうな言葉をかけ続ける。

「お前、本当は単にエルフたちを見返したかっただけなんじゃないのか？　だから手柄を立てたくてエリュシオンの仲間になったんだろ？」

「――ッ!?」

「そりゃ〝異端種〟だの〝忌み子〟だのと言われ続けりゃ当然だよな。あの女の人を真っ先に狙ったのも頷けるよ。けどな、それで本当にお前はいいのか？　フィーニスさまの操り人形になったまま、誰も見返すことができずに俺たちに倒されるんだぞ？」と。


「……僕、ハ……負ケ、ナイ……ッ」


「「！」」

黒人形化したカナンが明確に言葉を発し、俺たちはまだ彼の意識が残っていることを知る。

もしかしたらこれなら……。

「「……」」

俺たちは無言で頷き合い、そしてカナンに対して声を張り上げた。

「ならかかってこい、カナン！　お前の力を俺たちに見せてみろ！」

「ウ、ガアアアアアアアアアアアアアアアアアアアアアアアアアアアアアッッ!!」

カナンがなりふり構わず特攻を仕掛けてくる。

その瞬間、俺たちは一瞬にして上空へと舞い上がり、仕掛けていた五属性同時攻撃の武技を発動させた。

「「――《神纏》白虹無影天蓋〃ッッ!!」」

「――ガッ!?」

あらかじめ打ち込んでおいた五つの地点からそれぞれの属性攻撃が飛び、天空に超巨大な弓と矢を顕現させる。

それとは別に五つの点がそれぞれを結んで結界となし、カナンの逃げ場を完全に失わせた。

そして。

「グ、ギアガアアアアアアアアアアアアアアアアアアアアアアアアアアアッッ!!」

――どひゅううううううううううううううううううううううううっっ!!

「「いっけえええええええええええええええええええええええええっっ!!」」

――どばあああああああああああああああああああああああああんっっ!!

「ギ、ギガアアアアアアアアアアアアアアアアアアァァァァァァ……――」

カナンの放った極大の一撃を喰らい尽くすかのように、五色渦巻く光の矢がその全てを呑み込んでいったのだった。

「これが〝弓〟の聖神器……。さすがは創世の女神たちの力が合わさっているだけのことはあるわね。凄い力だわ」

驚いたような表情でザナが手にしていたのは、神々しい輝きを放つ一張の弓だった。

言わずもがな、浄化された神器――〝聖神器〟である。

「これで俺たちが手に入れた聖神器は三つ。残りはあと四つか」

「そうね。〝槍〟に〝斧〟、〝盾〟――そして〝剣〟よ」

「剣……」

ザナの言葉を聞いて思い出したのは、聖者たちの首魁にして〝剣〟の聖者――エリュシオンのことだった。

あのあとやつは一体どうなったのだろうか。

そう簡単にやられるようなタマではないと思うのだが、フィーニスさまの攻撃で貫かれている以上、シヴァさん同様、呪詛を受けているはずだ。

彼女の場合は五柱の女神の力――つまりはオルゴーさまの力を持つ俺が内部から浄化した上、鳳凰紋章で俺のものだと認識させることで助けることができたが、そうではないエリュシオンは未だに呪詛を受けたままだ。

であれば長くは持たないだろうし、フィーニスさまに黒人形化されている可能性もある。

まあそこら辺のことに関してはあとでシヴァさんに〝視て〟もらうしかないだろう。

問題は黒人形化したエリュシオンが相手となると、必然的にエルマとの聖女武装を考えなければならなくなってくるということなのだが……。

本当に壁ドンでなんとかなるのかなぁ……、と俺が頭を悩ませていると、意識を取り戻したらしいカナンが地に這い蹲りながら問うてきた。

「……何故、僕を殺さなかったのですか……っ？」

そう、彼の命を助けることに成功したのだ。

「あら、死にたかったの？　それは気づかずにごめんなさいね。フィーニスさまの呪縛に必死に抗っていたから、てっきり生きたいのだとばかり思っていたわ」

「ぐっ……」

唇を嚙み締め、カナンが悔しそうに俯く。

すると、エルフの女性を筆頭に、彼女の仲間たちが弓を構えながら近づいてきた。

なので俺は彼女たちの前に立って言う。

「こいつをどうするおつもりですか？」

「もちろん我らエルフの掟に則って処罰いたします。たとえフィーニスさまに操られていたとしても、異端種である彼が我ら正統種に弓を引くことは重罪です」

「……なるほど。なら一つお尋ねしても？」

俺の問いに、女性は「どうぞ」と頷く。

「そもそも何故ダークエルフが〝異端〟と呼ばれているのですか？」

「もちろんその肌の色と正統種を上回る高い能力ゆえです。我らエルフはもっとも〝穢れ〟から遠い〝清浄なる者〟と呼ばれています。ゆえに身体の色素が薄く、それが清き者である証だと信じられてきました」

「清き者、ねえ。だから褐色の肌を持つダークエルフは〝不浄〟だと？」

シヴァさんがそう問うと、女性は「そうです」と頷いて言った。

「不浄ゆえに余計な力――つまりは〝災い〟を持って生まれし者。それがダークエルフなのです。現に彼は災禍となって我らを襲いました。あなたたちも目の当たりにしたはずです」

「そうですね。確かにこいつは黒人形化してあなたたちを襲いました。いくらフィーニスさまに操られていたとはいえ、それは変えようのない事実です」

「……っ」

カナンがぐっと拳を握る中、俺は「でも」と続ける。

「生まれた瞬間から〝異端〟だの〝忌み子〟だのと言われ続けてきたら、誰だって嫌になると思いませんか？　もしあなたがダークエルフで、里の皆から嫌われ続けてきたらどうです？憎しみを抱かないと断言できますか？」

「それは……」

「別にこいつを擁護するつもりもないですし、エルフの掟に口を出すつもりもありません。でも今のこいつを見ていて俺は思ったんです。もしかしたらダークエルフは〝災い〟を持って生まれてきたんじゃなくて、後天的に〝災い〟として作られただけなんじゃないかなって」

「……」

「すみません、傲慢ですよね……。俺から言えるのはただそれだけです。こいつの処遇はお任せしますので、俺たちはこれで」

そう言ってエストナに戻ろうとした俺たちだったが、ふいに「お、お待ちください！」とエルフの女性に呼び止められる。

「はい？」

「あ、いえ、その……この度は本当にありがとうございました。申し遅れましたが、私は長の娘で〝エレイン〟と申します。病床の父に代わり、一同を代表してお礼を言わせてください」

「いえ、お気になさらず。皆さんが無事で本当によかったです」

俺がそう微笑みかけると、エレインさんは「ありがとうございます」とどこか安心したような表情を見せた後、少々言いづらそうにこう続けた。

「……その、あなたの言葉に関しては皆きっと思うところがあると思います。なのでカナンの処遇についてはどうかご安心を。皆でよく話し合ってみようと思いますので」

「ええ、そうしてもらえたら俺たちも嬉しいです。では」

「はい。お元気で」

再度微笑み、俺たちは範囲治癒を施した後、エルフの里をあとにしたのだった。

その頃。

エストナではまさかの事態が起こっていた。

「――ふふ、こんばんは……」

「「「「……っ」」」」

そう、エリュシオンに首を飛ばされたはずのフィーニスが、完全な姿で聖女たちの前に姿を現していたのである。

117章　女神の来訪

「お久しぶりね……。可愛い子たち……」

なんの前触れもなくずずずと姿を現したフィーニスに、当然アルカディアたちは唖然としつつも警戒態勢を取っていた。

だが彼女が不滅であり、かつ神器の制御権を握っている以上、迂闊なことはできず、アルカディアは皆に武器を構えないよう目と仕草で訴える。

フィーニスと会ったのははじめてのはずなのだが、エルマも彼女の異常さには気づいたようで、なるべく刺激しないよう静かに固唾を呑んでいた。

「……フィーニスさまもお元気そうで何よりです」

そんな中、マグメルが皆を代表してフィーニスに話しかける。

この中で一番物腰が柔らかい自分ならば、下手に刺激するようなことはないだろうと彼女自身が判断してのことだった。

「それで今日はどのようなご用件で……？」

マグメルが控えめに問うと、フィーニスは室内にいた全員の顔をゆっくりと見やった後、エルマを指差して、にたりと笑みを浮かべた。

「あなた、〝剣〟の聖女ね……？」

「え、あ、はい……。そう、ですけど……」

さすがのエルマもフィーニス相手に軽口は叩けなかったらしく、敬語で応対していた。と。

──ずいっ。

「ひっ!?」

「「「──っ!?」」」

一瞬にしてフィーニスがエルマの眼前に移動し、恐怖に引き攣ったその顔を覗き込んで言った。

「ねえ、あなた……。〝盾〟の聖者を知らない……？」

「い、いえ、あたしは……」

「前にね、亜人たちが言ってたの……。どんなに捜しても〝剣〟の聖女が見つからない……恐らくどこかに身を隠しているのだろうって……。おかしいわよね……？　だってあなたからはオルゴーの力を感じるもの……。まだあの子のものになっていないのにどうして……？」

「そ、それはその、女神さまたちにお会いしたからで……」

「つまり〝隠れていなかった〟のよね……？　なのにどうして亜人たちはあなたを見つけることができなかったの……？　おかしいわよね……？　それって〝盾〟の聖者があなたを隠していたからじゃないの……？」

「ち、違っ……あ、あたしは……」

絞り出すような声で必死に否定するエルマに、フィーニスは「ねえ、あなた……」と両目を見開きながら言った。

「――今まで誰かと一緒にいたりしなかった……？」

「わ、わかりません……」

あまりの恐怖で涙目になっているエルマを見かね、アルカディアは仕方ないと口を挟む。

「フィーニスさま、その者は本当に何も知らないようです。どうかその辺でご容赦を」

「そう……。それは残念……」

アルカディアの言葉を聞き、フィーニスがすっとエルマから身体を離す。

「はあ……はあ……っ」

その瞬間、エルマはずるずると膝から崩れるように尻餅をつき、呆然と青ざめた顔で呼吸を整えていた。

どうやらかなりのショックを受けているらしい。

あのいつも強気な彼女とは思えないほど憔悴しきっているようだ。

「……一つ尋ねても？」

「なあに……？」

そんな中、ティルナがフィーニスに問う。

「何故あなたは〝盾〟の聖者を捜しているの？」

「「「――っ!?」」」

この状況でも口調を変えない胆力は評価するが、アルカディアたちにとっては寿命が縮む思いだった。

しかしフィーニスはとくに気にした様子を見せず、ふふっと笑って言った。

「もちろんあの子のため……。早く七つの神器を集めてあげないと……」

「……？　でも〝盾〟の神器はあなたが持っているのでは？」

「ええ、そう……。でもそれじゃダメなの……。聖者の持つ神器をあげないと意味がないの……。だから今あなたに〝剣〟の神器は渡せない……。ごめんなさいね……」

未だ腰を抜かしているエルマにそう言って微笑むと、フィーニスの身体が再びずずずと床に沈んでいく。

「お話ができて楽しかったわ……。また会いましょう……。私の可愛い子たち……」

「「「「……」」」」

そうしてフィーニスは悠然とアルカディアたちの前から姿を消したのだった。

その頃。

「……っ」

俺はなんとも言えない胸騒ぎを覚え、二人が耐えられるぎりぎりの速度で空を飛び続けていた。

念のためシヴァさんの〝眼〟で様子を探ってもらったのだが、何故かエストナ周辺だけ黒いもやに覆われていて視ることができず、それが俺たちの焦燥を一層掻き立てていたのだ。

「頼む……っ。皆無事でいてくれ……っ」

そう祈りつつ、俺たちはエストナに向けて流星の如く空を切り裂き続ける。

フィーニスさまが突如として皆のもとに現れたことを知ったのは、それから少しだけあとのことだった。

「……なるほど。フィーニスさまが〝盾(たて)〟の聖者を……」

急ぎエストナへと戻った俺たちに告げられたのは、消息不明になっていたフィーニスさまが突如(とつじょ)姿を現したという驚愕(きょうがく)の事実だった。

なんでもフィーニスさまは〝盾〟の聖者を捜しているようで、その手がかりをエルマが握っているのではないかと彼女に詰め寄ったらしい。

おかげでエルマは相当の恐怖を覚えたようで、

「……あたしもうここから動かない」

「うん。しばらくそうしているといい」

膝(ひざ)を抱えて俯(うつむ)きながら、ティルナに頭をなでなでされていた。

「でも皆が無事で本当によかったよ。まさかフィーニスさまが現れるとはな……」

「おう、マジでビビったぜ。例のおっさんにぶっ飛ばされた首もばっちり元に戻ってたしよぉ。つーか、あんな化けモン本当に倒せんのか？」

「そうですね……。確かに彼女の力は強大ですが、こちらにはそれに対抗するための新たなる力――〝聖女武装(スペリオルアームズ)〟があります。である以上、あとはイグザさまのお力を信じるしかないかと。……まあそれはそれとして、すでに聖神器(せいじんぎ)を獲得済みの私(わたくし)には個別に聖女武装(スペリオルアームズ)を発動させる機会がないんですよね……はあ」

死んだような顔でそう嘆息(たんそく)するのは、ドワーフの里で黒人形(ドール)化する前の〝杖(つえ)〟の聖者――へスペリオスから神器を浄化済みのマグメルだった。

恐らくは彼女とも聖女武装(スペリオルアームズ)を発動させることは可能だと思うのだが、現状それを行う機会がないので半(なか)ば自棄(やけ)になっているようである。

「まあそれはさておき」

「いや、さておかないでくださいよ!? 割と本気で落ち込んでいるんですから!?」

アルカの言葉に断固として抗議するマグメルだが、「ふむ、では今こそお前から受けた言葉を返そう」とアルカは彼女の肩にぽんっと手を添えて微笑(ほほえ)んだ。

「――諦(あきら)めろ」

「……」

ずーんっ、と肩を落とすマグメルに心の中でエールを送りつつ、俺は話を戻す。

「それでフィーニスさまの話だと、エルマが〝盾〟の聖者に守られていたって？」

「うん。そうじゃないかって凄く疑ってた。だから聖者たちに見つかることなく旅ができたんじゃないかって」

「まあそうね。確かに私の〝眼〟でも彼女を見つけることはできなかったわ。いえ、正確にはある時期を境に視えなくなったの」

「ある時期？」

小首を傾げる俺に、シヴァさんは「ええ」と頷いて言った。

「あなたが彼女と別れた時よ」

「俺と別れた時……。ってことは、その直後に〝盾〟の聖者と出会っている可能性が高いということですか？」

「通常で考えればそうでしょうね。でも彼女は〝わからない〟と言っているわ」

ちらり、と皆揃ってエルマを見やると、彼女は未だに俯いたままティルナに甘やかされている最中だった。

しかしまあずいぶんとこてんぱんにやられたみたいだな。

こんなに消沈しているエルマを見るのははじめてだ。

「ところで〝聖者〟ってことは〝亜人〟よね？　そもそも亜人自体あまり人前に姿を現さないわけなのだけれど、本当に彼女の側にいたのかしら？」

「問題はそこですよね。フィーニスさまは誰かとずっと一緒にいなかったかを執拗に問い質していましたけれど、エルマさまが一緒にいたのはそこのポルコさまだけですし」

マグメルの視線を追うように一同がポルコさんを見やる。

相変わらず白目を剝いているのだが、そろそろ治癒術の一つでもかけてやった方がいいのではなかろうか。

「まさかとは思うが、そいつが〝盾〟の聖者ではないだろうな？」

「いや、でもそこでのびてる豚は豚だけど人間だぞ？　……いや、人間だよな？」

酷い言われようである。

だが確かに今までエルマと旅をしていたのは彼だけだ。

オフィールの言うとおり、どう見ても豚……ではなく人間にしか見えないのだが、一応確かめておこうと思う。

「とりあえずポルコさんに話を聞いてみよう。それで全てがはっきりするはずだ。というわけで、マグメル。治癒術を頼めるかな？」

「えっ⁉」

びくり、とマグメルが肩を震わせ、「え、えっと……」と微妙な反応をする。

いつもの彼女ならば進んで治癒術をかけてくれるはずなのだが、何か思うところでもあるのだろうか。

俺が小首を傾げていると、マグメルがどこか気まずそうにこう言ってきた。

「あの、できればイグザさまにお願いしたく……」

「……？　いや、まあいいけど……」

もしかしたら体調でも悪いのだろうか。

そんなことを考えつつ、俺はポルコさんに治癒術を施す。

すると。

「……う、ん～……はっ⁉　め、女神さまあああああああああああっ⁉」

――ぎゅむっ。

「……」

唐突に熱い抱擁を受け、俺はマグメルの反応が微妙だった理由を、この時になってはじめて理解したのだった。

《聖女パーティー》エルマ視点38：もうあんたがあたしのママでいいわよ……。

「……うん？　ひいっ!?　だ、誰ですかあなたは!?　な、何故私に抱擁を!?　私にその気はありませんぞ!?」

「いや、俺にもないですよ!?　何言ってるんですか!?」

「……」

何やらわちゃわちゃしている様子の豚とイグザを、あたしは力ない眼差しで見据える。

そういえば戻ってきてたんだっけか……。

それはお疲れさまだったわね……。

そしてあんたはいつの間に起きたのよ、豚……。

はあ……、と嘆息するあたしの脳裏には、未だに先ほどの光景が焼きついていた。

てか、なんなのよ、あの女神……。

いきなり目の前に現れるわ、まばたき一つせずに怖い顔を近づけてくるわで、もう動きが完全におばけのそれじゃない……。

でも正直すっごい怖かった……。

冗談抜きでおしっこ漏らしそうになったもの……。

そこは最後の意地でなんとか堪えたけれど、もし漏らしてたらと思うとぞっとするわ……。

まあ豚は変態だから喜ぶでしょうけどね……。

「……はあ」

それにしてもイグザたちはあんなのと戦ってるの……？

え、メンタル強すぎじゃない……？

どんだけ成長してんのよ、まったく……。

あたしなんか二度と会いたくないんですけど……。

でも〝背中を預ける〟って言っちゃった以上、またあの女神と会うのは確定済みだし……。

はあ……、と陰鬱な顔で何度目かもわからないため息を吐いたあたしだったが、そこでふと
先ほどからずっと側にいてくれているティルナに視線を送る。

「よしよし」

彼女は相変わらず母親のようにあたしの頭を優しく撫で続けてくれていた。

ぶっちゃけ心が折れそうだったのでありがたい限りである。

確かこういうの、なんて言うんだっけ？

年下の子に母性を感じる的なやつ。

バブみ……？
よくわかんないけど、あたしは今それを心から感じてるわ……。
もうあんたあたしのママになりなさいよって感じだし。
「……あんた、優しいわね」
だからあたしはそう素直な気持ちを伝える。
すると、ティルナは「もちろん」と頷いて言った。
「だってわたしは皆のお姉さんだから」
「そうよね……。あんたは優しい皆のお姉さん……って、お姉さん!?」
がばっとあたしはティルナを二度見する。
そうだったわよ！
この子、人魚のハーフだからあたしより年上なんじゃない!?
じゃあバブみじゃないでしょうが!?
いや、でも外見は完全に年下だし、バブみなんじゃないの!?
てか、そもそも〝バブみ〟ってなんなのよ!?
冷静に考えてみたら普通に気持ち悪い類の単語じゃない!?
そしてそれをがっつり感じてるあたしもなんなの!?
もうやだぁ～!?　とあたしは一人頭を抱えていたのだった。

「……なるほど。あなたがイグザさまでしたか。それは失礼をいたしました。てっきり私の純潔を狙う不届き者かと……」

ぺこり、とポルコさんが頭を下げながらそう謝罪してくる。

誤解が解けたのは何よりなのだが、この人は一体なんの心配をしているのだろうか……。

てか、その純潔の需要は俺にはねえよ。

「いえ、気にしないでください。それよりあなたに少々お尋ねしたいことがあるのですが……」

「おお、そうでしたか。それは奇遇ですな。実は私もあなたに一つ大切なお話がございまして」

「「「「「「「！」」」」」」」

ポルコさんの言葉に、俺を含めた全員が目を見開く。

このタイミングで言う大切な話だ。

間違いなく〝盾〟の聖者に関してだろう。

俺たちが固唾を呑んで見守る中、ポルコさんはげふんっと居住まいを正し、至極真剣な表情でこう声を張り上げてきた。

「イグザさま！　どうかこの不肖ポルコめにマグメルさまをくだ――」

ずーんっ、と素でショックを受けている様子のポルコさんに嘆息しつつ、俺は本題へと入る。

「ところで、あなたが〝盾〟の聖者なのですか？」

「……えっ？」

俺の問いに一瞬鳩が豆鉄砲を食ったような顔をしたポルコさんだったが、やがて質問の意味を理解したらしく、冷や汗をだらだらと垂らしながら視線を明後日の方に向けて言った。

「ち、違いますよ……？」

「「「「「「……」」」」」」

うん、〝盾〟の聖者だわ、これ。

「そ、それにしても今日は暑いですなぁ！」

じとー、と全員に半眼を向けられる中、ポルコさんが手拭いでふきふきと汗を拭う。

だがさすがにはぐらかすのは無理だと思ったようで、ポルコさんはがっくりと肩を落として言った。

「……どうやらお気づきになられてしまったようですね」

「ではやはりあなたが？」

「ええ、そうです。私の本当の名はパング。ドワーフ族の亜人で、あなたの仰るように〝盾〟の聖者です」

ドワーフ族の亜人にして〝盾〟の聖者――パング。

それがポルコさんの正体だと彼は言った。

だがここで一つ疑問が残る。

「いや、〝盾〟の聖者って……。で、でもあんた思いっきり人間じゃない!?」

そう、ポルコさんの見た目は完全に人のそれなのである。

「てか、仮にそうだったとしても、〝ドワーフ〟というよりは〝オーク〟でしょあんた!?」

そしてやめなさい。

それは皆思ってたけど、あえて言わなかったことなんだから。

「え、ええ、そのことに関してもきちんと説明を……って、あれ……？　今、聖女さまの雰囲気がいつもと違ったような……？」

「げっ!?」

てか、まだバラしてなかったのか……。

まあ今のでもうバレたようなもんなんだけど……。

「お、おほほほほっ！　き、気のせいじゃないでしょうか？　私はいつもの清楚で可憐な聖女さまですよ？」

いや、動揺しすぎて猫被りのレベルが落ちてるぞ。

無理矢理作り笑いを浮かべているエルマに俺は胡乱な瞳を向けていたのだが、どうやらポルコさんにはバレていなかったらしい。

「？」

ただどこかたどたどしい様子のエルマを不思議がってはいるようだった。

たぶんバレるのも時間の問題だと思う。

と。

「もしかしてそれがあなたの力なのかしら？　私の〝眼〟と同じように〝盾〟独自の能力——むしろ私とは逆の〝視えなくする力〟ね？」

シヴァさんの問いに、ポルコさんは「ええ、仰るとおりです」と頷く。

「ですがそれはあくまで聖女さまを守る際に用いたもの。私本来の姿を隠しているのは、このドワーフ族に伝わる〝お守り〟の力です」

そう言ってポルコさんが取り出したのは、彼の首に提げられていた青いペンダントだった。

「これは聖具の作製にも携わったというご先祖さまが作られたもので、神の目すら欺けるとても貴重な代物でして、古の戦いでは〝剣〟の聖者さまがお使いになられていたのだとか」

「つまりそれを外したらポルコさま……いえ、パングさま本来のお姿に戻られるということでしょうか？」

「そのとおりです、女神さま！　そして〝ポルコ〟で構いません！　その方が呼びやすいでしょうし！　というわけで、この不肖ポルコ！　女神さまを振り向かせるために元の超絶的イケメンに戻ろうと思います！」

「え、あの……」

ぐっと拳を握りながらそう宣言するポルコさんに、マグメルが困惑したような表情を見せる。

なんでもいいけど人の嫁を目の前で盗ろうとするのはやめなさいな。

俺が半眼を向けていると、ポルコさんは「はあっ！」と叫んでペンダントを取り外す。

すると、彼の身体が目映い輝きに包まれ始めた。

そして。

――ぼぼーんっ。

そこに現れたのは――何が変わったのかよくわからないポルコさんの姿だった。

「「「「「……」」」」」

いや、超絶的イケメンはどうした!?

当然、俺は内心鋭い突っ込みを入れたのだった。

「ふふ、どうやら皆さま驚きのあまり声も出ないようですな。そうでしょうとも。自分で言うのもなんですが、なかなかにいい男ですからな」

ふっとポルコさんが自信に満ちた顔で笑みを浮かべる。

が、もちろん皆が言葉を失っているのはそんな理由からではない。

「いや、いい男うんぬん以前になんも変わってないじゃない!?」

「えっ!?」

そう、思わず猫被り(ねこかぶり)を忘れているエルマの突っ込み通り、変身解除前との変化がまったくわからなかったからだ。

「な、何を仰(おっしゃ)っているのですか!? ぜ、全然違うでしょう!?」

しかしポルコさんの中ではきちんと変わっているようで、彼は必死にその違いを説明してくる。

「まずは耳がちょっと尖(とが)りました! ほら!」

ずいっと耳元を見せつけてくるポルコさんの耳は、確かに少しだけ形が鋭角になっていた。

「そして手足が少し短くなり、お腹も立派になりました！」

——ぽんっ。

ポルコさんがどやぁと言わんばかりの表情で相変わらずぷよぷよのお腹を叩く。

まあ確かに言われてみれば、先ほどよりもさらにずんぐりむっくりしたような気がするのだが……。

「いや、だからなんだって言うのよ⁉　単に太っただけじゃない⁉　何をどや顔でイケメン面してんのよ、あんた⁉」

「い、イケメンじゃないですか⁉　私たちドワーフの間ではより体格のよい者がいい男の条件なんですから⁉」

「ドワーフ基準なんて知らないわよ⁉　言っておくけど、あたしたちから見たらあんたはただの汗っかきおデブでしかないんだからね⁉」

「ええっ⁉」

びくり、とすこぶるショックを受けている様子のポルコさんだったが、彼にもイケメンの意地があったようで、だばだばとマグメルに詰め寄って言った。

「そ、そんなことありませんよね、女神さま⁉　私、結構いい男ですよね⁉」

「え、えっと……」

むふぅー、と鼻息荒く問い質すポルコさんの顔には、エルマの言うように大量の汗が浮かんでおり、どう見ても汗っかきおデブであった。

「やめなさい、暑苦しい！」

――ぐいっ。

「ふぎゅうっ⁉　あ、あの、なんか先ほどから私の知ってる聖女さまと違うのですが⁉」

「うるさいわね！　あたしは最初っからこんな感じよ！」

「ひいっ⁉」

ずるずるとエルマに引きずられていったポルコさんは、彼女の変貌ぶりと人間基準ではイケメンじゃなかったことに、それはもう大層ショックを受けているようなのであった。

その後、意気消沈してしまったポルコさんのフォローをマグメルたちに任せ、俺はアルカとシヴァさんを連れ、三度黒人形化された聖者のあとを追っていた。

本当はエルマを守るに至った経緯などを詳しく聞きたかったのだが、今は亜人たちが滅ぼされるかもしれない危機の真っ只中である。

ゆえに残りの話に関しては、とりあえず〝槍〟の聖者――アガルタの浄化後ということになったのだ。

「しかしイケメンにも色々と種類があるんだな……。まあ種族が違えば、そりゃイケメンの基準も違ってくるんだろうけど……」

「そうだな。自然界でも角などが立派なやつがモテたりするのだ。ならば腹の立派なやつがモテてもおかしくはないだろうさ」

「ま、まあ確かに……」

〝大きさ〟はオスとしての強さの表れ的なこともあるからな。

「でもドワーフの亜人ってことは、ナザリィさんの知り合いだったりするのかな？」

「その可能性はあるだろうな。だが〝盾〟というのは、ほかのレアスキル持ちとは少々違うのだろう？」

アルカの問いに、シヴァさんは「そうね」と頷いて言った。

「前にも言ったように、〝盾〟はほかのレアスキル持ちよりも強い使命感と力を与えられて生まれてくるわ。ゆえにその存在を大っぴらに知られるわけにはいかない。だからもしかしたらなのだけれど、そのナザリィさんとやらは彼が〝盾〟であることを知らないのかもしれないわね」

「なるほど」

確かにナザリィさんなら普通に伝えてきそうだしな。

たぶん族長さんなど、一部の人しか知らないのだろう。

「しかしあれがドワーフのモテる男ということは、ナザリィもああいうタイプが好みなのかもしれんな。まあその真逆と言ってもいいヘスペリオスに魅了されていたわけなのだが」

「まあああの魅了は一種の催眠みたいなものだからな。ただ一つ疑問なのは、里を見た感じだと、恐らくナザリィさんみたいな小柄で痩せ型の女性がドワーフの美人だとは思うんだけど、それに一番近いのはティルナだと思うんだよ。なのにマグメルに猛アタックしてるのは一体なんでなんだろうな？」

俺がそう小首を傾げていると、アルカが「ふむ……」と思案した後、真顔でこう言ったのだった。

「恐らくあの男はあまり容姿の優れぬ女が好きなのだろう。いわゆる〝B専〟というやつだ」

「ええ……」

B専……。

121章　竜人の里

　まあポルコさんの好みうんぬんに関してはさておき。

　俺たちは黒人形化（ドール）された〝槍（やり）〟の聖者――アガルタを追い、竜人の里を目指して高速で空を飛び続けていた。

　シヴァさんの話だと、すでにアガルタは里に到着しているようで、同胞（どうほう）の竜人たちと激しい戦闘を繰り広げているという。

　それを聞き、もう少し早く出発していたらと唇（くちびる）を嚙（か）み締める俺だったが、しかしシヴァさんの表情はまったく深刻そうではなかった。

　というのも、

「あら、さすがは竜人といったところかしら？　意外と善戦……いえ、むしろ彼らの方が押しているくらいよ」

　どうやら思った以上に竜人たちが強かったらしく、アガルタの方が分（ぶ）が悪いようである。

　どれだけの人数差があるかはわからないが、黒人形化（ドール）された神器（じんぎ）持ちの聖者と互角（ごかく）以上に渡り合うくらいだ。

　相当高い戦闘力を持つ者たちが揃っているのだろう。

「ふむ。そういえば亜人たちはフィーニスさまが魔物を創った後、それを参考にしてオルゴーさまによって創られたのだったな？」

「ええ、そうよ。竜人はその最たるものね。竜種と人の特性をかけ合わせて創られた者たち。そして幻想形態への進化率がもっとも高く、しかも魔物たちと意思の疎通までできるそうよ。まさに人の上位種のような存在ね」

「なるほど。ならアガルタ相手に優位に立ってるのも納得だな。まあ問題はアガルタ自身もその幻想形態に進化できる可能性が極めて高いってことなんだけど……」と俺。

「そうだな。シャンガルラに続いてカナンまでもが幻想形態を発現させたのだ。ならばアガルタも使ってくるとみてほぼ間違いはないだろう。もっとも、たとえ何が来ようと私の聖女武装の前では全てが無意味だがな」

　ふっと自信満々に笑みを浮かべるアルカに、シヴァさんが問う。

「あら、随分と自信があるのね？」

「当然だ。今までの聖女武装とは違い、正妻である私の聖女武装は真に強い絆で結ばれた、まさに〝完成形〟と言っても過言ではない代物なのだからな」

「あらあら、それはそれは。でもその割には随分と出番が遅かったようだけれど？」

「ぐっ、相変わらず一言多いやつだ……っ」

ぐぬぬ、と悔しそうな顔をするアルカに口元を緩めつつも、俺は力強い口調で言った。

「でも相手が竜人の――しかも幻想形態である以上、今までよりも強い力が必要なのは確かだ。

恐らくは竜種の中でも最強クラスのやつを相手にしなきゃいけないわけだからな。というわけで、俺たちの絆をがっつりと見せつけてやろうぜ」

「ああ、もちろんだ。やつの鱗を祝言用のドレスにでもしてやるさ」

にやり、と不敵な笑みを浮かべるアルカだったのだが、

「え、えっと、できればドレスは普通のにしようか……？」

「ふむ？」

個人的にそれはやめていただきたい俺なのであった。

聖者の鱗でできたドレスとか生々しいわ……。

そうして俺たちが辿り着いたのは、まさに岩石地帯とも言うべき殺伐としたエリアだった。

草木がまったく生えておらず、乾いた地面とごつごつとした岩ばかりの山脈地帯である。

トゥルボーさまの住まう砂漠地帯の方がまだ緑があった気がする。

こんなところで本当に生活を営んでいけるのだろうかという感じなのだが、こういう厳しい環境の中で育ったからこそ、竜人たちは皆強靭な力を備えているのかもしれないな。と。

「――ギシャアアアアアアアアアアアアアアアアアアアアアアアアアアアアアッッ!!」

ずがんっ！　と激しい衝撃音が辺りに響き渡る。

見ればアガルタと思しき黒い人影が白銀の飛竜によって岩壁に叩きつけられていた。

飛竜の周囲にはほかの竜人たちの姿もあり、皆一様に武器を握りながらアガルタを睨みつけていた。

「あら、もしかして私たちの出番はないんじゃないかしら？」

ちらり、とシヴァさんがアルカを見やりながら言う。

すると、アルカは少々焦った様子で言った。

「い、いや、そんなことはないはずだ。仮にも終焉の女神の力を授かりし者なわけだし、あの程度で終わることなど断じてあろうはずがない。というか、もうちょっと気合いを入れろ、〝槍〟の聖者！　お前の力はそんなものじゃないだろう!?」

「いや、君どっちの味方なの……」

無意識にアガルタの方を応援し始めているアルカに、俺はがっくりと肩を落としていたのだった。

とはいえ、シヴァさんの言うこともまんざら間違ってはいないように思えた。

戦況は明らかにアガルタが不利——たとえ彼が幻想形態になったとしても、竜人側の幻想形態があの白銀の飛竜(ひりゅう)だけとは限らない以上、よくて五分(ごぶ)に持ち込めるかどうかといったところだろう。

となると、アルカの聖女武装(スペリオルアームズ)は全て(すべ)が終わったあとの浄化くらいしか出番がないということになってしまう。

いや、アガルタを行動不能にしたあとならば、聖女武装(スペリオルアームズ)を使わずとも俺の浄化だけで事が済んでしまう可能性すらある。

まあそれはそれでアルカたちを危険な目に遭(あ)わせずに済むので、俺としてはむしろそっちの方がありがたいのだが、

「ああ、そんな寄って集(たか)って……」

この子すんげえしょんぼりしそうだなぁ……。

竜人たちに集中砲火を食らっているアガルタの様子を青ざめた顔で見据えているアルカの姿に、俺は一人小さく嘆息する。

するとそんな俺の気持ちを察してか、シヴァさんが「大丈夫よ」と不敵な笑みを浮かべて言った。

「よもや女神フィーニスのお人形さんがあの程度でやられるとでも？」

「そ、そうだよな！　私もそう思っていたところだ！」

「いや、なんでちょっと嬉しそうなんだよ……」

ぐっと拳を握っているアルカに、俺は半眼を向ける。

と。


「――ウ、グオアアアアアアアアアアアアアアアアアアアアアアアアアアアアッッ!!」


「「「――っ!?」」」

突如アガルタがけたたましい咆哮を上げ、衝撃波がその場にいた全員を襲う。

一体何ごとかと再び戦場に視線を戻すと、どうやらアガルタの幻想形態が発動したらしく、やつの身体から膨大な量の黒いオーラが噴き出していた。

「さあ、ここからが本番よ」

シヴァさんの言うとおり、それは次第にやつの様相を雄々しくも獰猛な飛竜へと変貌させていく。

「グギャアアアアアアアアアアアアアアアアアアアアアアアアアアアアアッッ!!」

そうして俺たちの前に姿を現したのは、竜人側の飛竜とは真逆の——まさに〝闇の化身〟とも言うべき黒竜であった。

いや、正確には〝飛竜人〟とでもいうのだろうか。

竜人側の飛竜はほとんど通常の飛竜と大差ないのだが、アガルタの幻想形態は限りなく竜種に近いものの、首の短さや四肢の形状など、どこか人に近いイメージを残しているのである。

言ってみれば〝人の形をした竜〟だ。

どこかヴァエルの面影を感じさせるが、そういえばあいつも竜を取り込んでいたんだっけか。

「あれがアガルタの幻想形態……」

「うむ、そのようだな。なんとも禍々しい姿だ。……むっ?」

と、そこでアルカが何かに気づいたらしい。

彼女は「見ろ」と竜人たちを指差して言った。

「やつらの様子がおかしい」

「えっ?」

言われて竜人たちを見やると、白銀の飛竜も含め、確かに皆頭を抱えたり蹲ったりと、苦しそうにしていた。

一体どうしたのだろうか。

呆然とその光景に見入っていた俺たちだったのだが、

「「「――グアアアアアアアアアアアアアアアアアアアアアアアアアアッッ!?」」」

「「――なっ!?」」

突如として竜人たちが皆、弾けるように幻想形態になり、揃って目を見開く。

しかもそれだけではなく、

「お、おい、なんかあいつらこっちを見ていないか……?」

「うん、見てるな……。まるで俺たちが標的だと言わんばかりにがっつりと……」

何故か竜人たちはアガルタを放置して、俺たちに狙いをつけ始めたではないか。

「なるほど、そういうこと……」

そんな中、シヴァさんが全てを察したように呟く。

嫌な予感が縦横無尽に走ってはいたのだが、俺は一応彼女に問うことにした。

「あの、もしかしてですけど、アガルタの能力って……」

「ええ。お察しのとおり――〝全ての竜種並びに竜人を隷属させる力〟よ」

「やっぱりかぁー!?」

がーんっ、と俺がすこぶるショックを受ける中、

「「「「──グオアアアアアアアアアアアアアアアアアアアアアアアアアッッ!!」」」」

「「「──っ!?」」」

アガルタに操(あやつ)られた竜人たちと白銀の飛竜が、一斉(いっせい)にこちらへ向けて襲いかかってきたのだった。

「……はあ」

先ほどまでのアルカディア同様、豚がちょこんと部屋の隅で背を丸める。

人間基準だとただの汗っかきおデブだと知って相当ショックを受けているらしい。

「ちょっと、いい加減元気出しなさいよ」

さすがにここまで打ちのめされている豚を見るのははじめてだったので、あたしもそう豚を元気づけてあげていたのだが、

「……」

――ちらりっ。

はあ……、と豚はこちらを力なく一瞥した後、再び陰鬱そうに俯く。

「これは重症ね……」

やれやれと肩を竦めるあたしに、男らしく（？）干し肉を頬張っていたオフィールが咀嚼していたものをごくりと呑み込んで言った。

「つーか、おめえの変貌ぶりにもショックを受けてんじゃねえか？」

「えっ？」

ま、まあ確かに一度は惚れた女なわけだし、むしろそっちのショックの方が大きいとは思うのだけれど……でもそんな言うほど変わってないでしょ？　ねえ？

が。

「いえ、それは薄々感づいていましたので、〝あ、やっぱり〟みたいな……」

「……はっ？」

「だーっはっはっはっ！　〝あ、やっぱり〟だってよ！」

「うるさいわね!?　笑ってんじゃないわよ、この筋肉おばけ!?　大体、あんたが言ったんでしょうが!?」

あたしがそうオフィールに抗議の声を上げていると、彼女は革袋から新しい干し肉を取り出して言った。

「まあそうカッカすんなって。ほれ、これでも食って落ち着けよ」

「いや、いらないわよ、そんなもの!?」

「あ、じゃあ私が……」

「おう。食え食え」

「って、なんであんたがもらってんのよ!?　だったらあたしも食べるわよ!?」

「じゃあわたしももらう」

もちゃもちゃと四人揃って干し肉を咀嚼するあたしたちだが、途中でふと冷静になる。

え、何この時間……。

なんであたしまで干し肉食べてるの……。

いや、普通に美味しいんだけど……。

と。


「――ただいま戻りました」


「「「「！」」」」

念のため周囲の偵察に出ていたマグメルたちが戻ってくる。

ついでに買い出しもしてきたみたいで、マグメルは抱えていた荷物を机の上に置いた後、控えめにこう尋ねてきた。

「それでポルコさまのご様子は……？」

「まあ見てのとおりよ。あたしが声をかけても全然――」

「――お帰りなさいませ、女神さま」

……うん？

すっと立ち上がった豚に、あたしは思わず目をぱちくりさせる。

すると、やはり豚は凛然(りんぜん)とした顔つきでこう言った。

「ご迷惑をおかけして申し訳ございませんでした。ですがこの不肖(ふしょう)ポルコ！　女神さまの前で暗い顔はできないと、このとおり復活いたしました！」

「まあ！　それはよかったです！」

「……」

——おい。

マグメルとの扱いの差に、一人ぎりぎりと拳(こぶし)を握るあたしなのであった。

「グガアアアアアアアアアアアアアアアアアアアアアアアッ！」

　──どごうっ！

「うおっ⁉　危ねえだろ⁉」

　幻想形態となった竜人たちのブレスを躱しつつ、俺たちはどこか一時的に身を隠せる場所を探して岩石地帯を翔ける。

　彼らを操っているアガルタは最初の場所に留まったままで、「グルゥ……」と喉を鳴らしながら俺たちの様子を見据えていた。

「ふむ、高みの見物とはいいご身分だな」

「というより、隷属させている間はあまり激しく動けないんじゃないかしら？　もしかしたら能力が解けてしまうのかもしれないわね」

「なるほど。なら一か八か竜人たちは放置して、アガルタ狙いで突っ込むのもありかもしれませんね」

俺がそう告げると、シヴァさんは「そうね」と頷いて続けた。

「だから私をこのまま下ろしてくれて構わないわ。あとは自力で着地するから」

「えっ⁉　いや、大丈夫なんですか⁉」

〝自力で着地する〟って、そんなことが簡単にできるような高さじゃないぞ⁉

だが俺の心配をよそに、シヴァさんは余裕の笑みを浮かべて言った。

「ええ、もちろん。私の〝盾〟は意外と万能なのよ？」

「でも……」

「まあ本人がこう自信満々に言うのだ。やらせてやればいい。それにこいつは腐っても〝聖女〟だからな。そう簡単にくたばるようなタマでもあるまい」

「ええ、そういうことよ。だから信じてちょうだい。必ず無事に着地してみせるわ」

「……わかりました」

頷き、俺は竜人たちを引き連れたままぎりぎりまで高度を下げる。

せめてこのくらいはさせてもらわないとな。

速度はそれなりにあるが、シヴァさんならきっと無事に着地してくれるはずだ。

「じゃあ行きます！」

「ええ！　後ほど会いましょう！」

そう信じ、俺は彼女の腰に回していた手を離す。

　すると、シヴァさんは重力に従って地面へと落ちていったのだが、当然俺たちの背後にいた竜人たちがそれを見逃すはずはない。

「ギシャアアアアアアアアアアアアアアアアアアアッ！」

「「――っ!?」」

　やつらは大顎を開けてシヴァさんに襲いかかる。

　が。

「――〝《神纏》三皇守護陣〟ッッ!!」

「ガアッ!?」

　がきんっ！　と直前でシヴァさんの身体を三つの盾が覆い、それに噛みついた竜人が自慢の牙を折られる。

　さすがは〝盾〟の聖女――防御面に関しては鉄壁だ。

　こっちは大丈夫だと言わんばかりに手を振るシヴァさんに頷いて返しつつ、俺はアルカに向けて言った。

「よし、なら次は俺たちの番だ。君の力を俺に貸してくれ、アルカ」

「ああ、もちろんだ。……だがすまない。その前に一つだけ答えてほしいことがあるんだ」

「？」

なんのことだろうかと小首を傾げる俺に、アルカはどこか縋るような瞳を俺に向けて言った。

「……私は、お前の〝正妻〟だよな……？」

「！」

以前にもこんなことがあった気がする。

あれはそう、マグメルが俺のお嫁さんになった時の話だ。

あの時は俺と彼女の仲に嫉妬したアルカが感情を爆発させて、それで俺も気づかされたのだ。

彼女がずっと不安を抱えていたということを。

確かに最近はお嫁さんたちの数に比例してアルカに対する正妻イジりも増えてきた。

俺的には仲のいい証拠なのだろうと微笑ましく思っていたのだが、やはり心のどこかで不安に思っていたらしい。

俺が皆に配慮してはっきりと言葉にしてこなかったのもよくなかったんだと思う。

そういう大事なことほど言葉にして伝えなくちゃいけなかったのにな……。

彼女の度量に甘えてしまった俺の責任だ……。

だから俺は大きく頷いて言った。

「当たり前だろ？　君は俺がはじめて心から愛した女性だ。そりゃ今は同じくらい皆のことを愛してはいるけれど、君が最初であることは何があっても変わることはない。それに君が許してくれなきゃ皆が俺のお嫁さんになることもなかったからな。だから安心してほしい。俺の正妻はアルカディア――君ただ一人だけだよ」

「……そうか。うん、ならば私から言うことは何もない。私の心も、身体も、全(すべ)てお前だけのものだ。お前の望むまま――私を思う存分(ぞんぶん)扱うがいい」

「ああ、わかった」

「んっ……」

嬉(うれ)しそうに頷くアルカと口づけを交わしながら、ともに天高く舞い上がった俺たちの身体を、ごごうっと神聖なる炎が包み込む。

　そうして混ざり合った炎の中から真っ先に飛び出したのは、一本の強靭(きょうじん)な突撃槍(とつげきそう)――そう、〝ランス〟だった。

「「――〝聖女武装(スペリオルアームズ)《神槍(しんそう)》〟ッッ!!」」

　どぱんっ！　と炎を弾(はじ)き飛ばしながら俺たちの融合(ゆうごう)が完了する。

　先ほどアルカが自分たちの聖女武装(スペリオルアームズ)は〝完成形〟だと言っていたが、あながち間違ってはいないのかもしれない。

何せ、今までの聖女武装とは違い、力の張り方が1.5倍くらいになっている上、俺たちの下半身はまるで炎の馬のようになっていたのだから。

「凄いな……。まるでケンタウロス種だ……」

「ふ、まさに愛のなせる技というやつだな。しかしこれが聖女武装の力というわけか。うむ、確かに素晴らしい力だ」

だが、とアルカは言う。

「この力にはさらに〝上〟がある気がする。感覚的なものだが、恐らくは融合できる聖女の数や組み合わせによっていくらでも可能性が広がるのだろう。まあベースとなっているのが無限の成長を誇る我らが婿なわけだし、それも頷ける話ではあるのだがな」

嬉しそうな口調でそう話すアルカに、俺も「おう」と力強く頷いて言ったのだった。

「俺たちはまだまだ強くなれる。だから最後の瞬間まで俺についてきてくれ！」

「ああ！　たとえ死んでも絶対に放さんから覚悟しておけ！」

ごごうっ！　と炎を滾らせながら、俺たちは一直線にアガルタへと向けて空を切り裂いたのだった。

124章　少しくらい強引な方がいい

「「はああああああああああああああああああああああああああああああああっっ!!」」

「——ッ!?」

——ずがああああああああああああああああああああああああああああああんっっ!!

流星の如(ごと)く飛来した俺たちの一撃が大地に巨大なクレーターを穿(うが)つ。

さすがのアガルタも直撃はマズいと思ったらしく、背の翼を羽ばたかせ、急ぎ空へと離脱していた。

「ちっ、外したか。存外(ぞんがい)素早いやつだな」

「でもやつを動かすことには成功したし、これで竜人たちの洗脳が解けてくれれば……」

そう期待を込めて見上げた先では、アガルタを守るように飛竜(ひりゅう)化した竜人たちが壁を作っていた。

やはりこのくらいではダメらしい。

「さて、どうする？　やつらごと貫(つらぬ)いても構わないというのであれば話は早いのだが……」

「まあな。それができれば苦労はしないんだけど……でもまああの人たちも戦士なわけだし、この際一人ずつ殴って昏倒させるってのはどうだ？」

俺がそう何気なしに答えると、アルカは吹き出すように笑って言った。

「はっはっはっはっはっ！　そうだな。実にいい案だと私も思う。むしろ日頃からそのくらい強引でもいいくらいだ」

「そ、そうか？」

「うむ。わかりやすくて実にいい。私好みの作戦だ。ならば早速ぶん殴ってやるとしようか」

ごうっ！　とアルカのやる気に呼応するかのように身体中の炎が滾る。

割と適当に言ったのだが、とりあえず気に入ってくれたようで何よりだ。

「よし、じゃあ行くぞ！」

「ああ！」

――どぱんっ！

地を蹴り、俺たちはアガルタを守る竜人たちに向かって真っ直ぐに空を翔け上がる。

「「「「グオアアアアアアアアアアアアアアアアアアアアアッッ!!」」」」

――どごおおおおおおおおおおおおおおおおおおおおおおおおんっっ!!

当然、竜人たちは俺たちを撃ち落とすべく、揃って異なる属性のブレスを吐いてきたのだが、俺のスキル――《不死鳥》は〝火属性無効〟である。

「グガッ!?」

ゆえに火属性のブレスに真正面から突撃した俺たちは、そのままランスを大きく振りかぶったかと思うと、

「「――《神纏》不壊衝破〟ッッ!!」」

どがんっ! と超硬度の一撃を全力で脳天に叩き込んでやったのだった。

「――」

その瞬間、ぐらりと火属性の飛竜が体勢を崩し、声も上げずに落下していく。

そして頭から地面へと激突した彼は、巻き上がる砂煙の中、元の人間体へと戻っていた。

「う、ぐ……」

だが微妙に呻いているところを見る限り、どうやら死んではいないらしい。

そこだけが唯一気がかりだったのだが、さすがは竜の強靭さを持つ亜人である。

「うむ、これはいい。よし、残りのやつもどんどん行くぞ」

「おう!」

頷き、俺たちは次の獲物に狙いを定める。

――がんっ!

「ガアッ⁉」

――ずがんっ！

「ギギャッ⁉」

――どごんっ！

「グギッ⁉」

そうして五体のうち四体の飛竜を昏倒させ、元の竜人へと戻した俺たちは、最後の飛竜へと向き直る。

そう、竜人たちのリーダー格とも言うべき白銀の飛竜だ。

身体の色もほかの竜人たちより神々しい感じがするし、何より体格が今までのやつらよりも一回りほど大きい。

よほどの一撃でなければ昏倒させるのは難しいだろう。

となれば、まずは翼を貫いて動きを――。

と。

「おい、イグザ」

「ああ、わかってる」

俺は警戒しつつ背後を見やる。

「グルゥ……ッ」

そこにいたのは、漆黒のオーラを身に纏う闇の化身——アガルタだった。

「ふむ、どうやらここからが本番のようだな」

「ああ、望むところだ。——両方まとめてかかってこいッ！」

「「グオアアアアアアアアアアアアアアアアアアアアアアアアアアアッッ!!」」

——どごおおおおおおおおおおおおおおおおおおおおおおおおおんっっ!!

その瞬間、左右同時の極大ブレスが俺たちを襲ったのだった。

125章 ドラゴンズアタック

——どばあああああああああああああああああああんっっ!!

ブレス同士の激突で大爆発が巻き起こる中、俺たちは稲妻(いなずま)を纏(まと)い、大空をジグザグに翔(か)ける。

「「——〝《神纏(グランド)》閃穿紫突(エクレールバリスタ)〟ッッ!!」」

そして超高速でアガルタの背後へと回り込んだ俺たちは、そのままやつの背に紫電(しでん)の一撃を叩(たた)き込もうとしたのだが、

——ぴゅっ!

「「——っ!?」」

まるで背中に目があると言わんばかりのタイミングで躱(かわ)されてしまう。

しかも。

「グオアッ!」

躱すと同時にやつは身体を捻り、尾が強靭な鞭となって俺たちを襲った。

——ずがんっ！

「ぐわあっ⁉」

瞬間的に左腕に顕現させていた盾でこれを受けるも、その威力は半端なく、俺たちは凄まじい速度で地面へと叩き落とされる。

「イグザ！」

「わかってる！」

どばんっ！　と地面に激突する寸前で背の翼を全開にし、なんとか勢いを殺して着地することに成功した俺たちだったのだが、

「グガアアアアアアアアアアアアアアアアアアアアアアアアアアッッ‼」

——どごおおおおおおおおおおおおおおおおおおおおおおおおおんっっ‼

「——なっ⁉」

間髪を入れずやつらがブレスを重ねてきて、これはさすがに避けきれないと防御姿勢をとる。

が。

「——〝《神纏》五柱絶障壁〟ッッ‼」

――ずがあああああああああああああああああああああああんっっ!!

「「！」」

直前でシヴァさんの五重盾が俺たちを守り、螺旋を描くように飛来した同時ブレスを一時的に遮断する。

――ばきんっ！

だがさすがにあれだけ高威力の攻撃を防ぎきることはシヴァさんにも難しかったらしく、俺たちが離脱した次の瞬間には盾が粉々に砕け散っていた。

「グルゥ……ッ」

まさか防がれるとは思っていなかったのだろう。

アガルタが口惜しそうに喉を鳴らす。

「すみません！　助かりました！」

「うむ、感謝する」

「別に構わないわ。それより気をつけなさい。どうやらアガルタは隷属させた者の視界を〝共有〟できるみたいだから」

「視界を共有……。なるほど、そういうことか」

「ああ、どうりで我らの一撃が躱されたわけだ。まさか別の場所から覗かれていたとはな」

しかも無防備を装って俺たちに攻撃を仕掛けさせたのだ。

黒人形化されている割には随分と頭が回るらしい。

だがそういうことならこちらにも考えがある。

「つまり分身しているのと同じってことだな？」

「ああ、平たく言えばそんなところだ。となれば、自ずと攻略法も見えてくる」

「あら、そうなの？」

驚いたような顔をするシヴァさんに、俺は大きく頷いて言った。

「ええ、もちろんです。敵が二体いるのなら〝同時に倒せばいい〟だけのことですからね」

「うむ、そのとおりだ」

俺たちの攻略法に、シヴァさんは一瞬呆けたような顔をしたかと思うと、ふふっとおかしそうに笑って言ったのだった。

「ならせいぜい期待させてもらおうかしら。何せ、あなたの聖女武装は〝最強〟だって言うし。ねえ？　アルカディア」

「当然だ。その些か見えすぎる眼でよく見ているがいい。我らが〝槍〟の真髄をな」

◇

「『グルルルル……ッ』」

　再び空へと戻った俺たちを、当然のようにアガルタたちが挟み込み、ゆっくりとその周囲を回り始める。

　一瞬でも隙を見せれば、やつらはたちまち襲いかかってくることだろう。

　それも同時に、だ。

　ならば俺たちの執る手段はこれしかあるまい。

「「――っ⁉」」

　すっと両手でランスを掲げた俺たちに、アガルタたちが揃って目を丸くする。

　一体何をする気なのかと訝しんでいるのだろう。

　十分に困惑するといいさ。

　どれだけ悩んだところで答えなんか出やしないんだからな。

「ほら、どうした？　隙だらけだぞ？　かかってこないのか？」

　安い挑発だと自分でも思う。

　だがやつらなら必ず乗ると俺は踏んでいた。

　何故なら、

「「グオアアアアアアアアアアアアアアアアアアアアアアアアアアアアアッッ‼」」

　――どごおおおおおおおおおおおおおおおおおおおおおおおおおおおんっっ‼

　やつらには俺たちが〝一人〟にしか見えていなかったからだ。

数で勝り、戦況でも勝る——ならばたとえ罠だろうと力でねじ伏せればいい。

やつらはそう考えているはずだ。

でもな——。

がきんっ！　とランスが二本に分離——いや、分裂する。

「——ガッ!?」

「悪いな！　俺たちは〝二人で一人〟なんだよ！」

「うむ！　ゆえにその力も武具も全てが融合しているのだ！」

ならば聖槍をアマテラスソールで双槍化させることなど造作もない。

「——〝《神纏》風絶轟穿破〟ッッ!!」

どばんっ！　と竜巻が如く遠心力を最大にして放たれたランスの投擲が螺旋状に空を裂き、双方のブレスをものともせず一直線に飛んでいく。

そして。

——ずぐしゃっ！

「グギャアアアアアアアアアアアアアアアアアアアアアアアアアアアアアッッ!?」

ほぼ同時にアガルタたちの身体へと、鮮血を撒き散らしながら食い込んだのだった。

そこからはもう俺たちの独壇場だった。

先の一撃で双方が怯(ひる)んだ隙(すき)に、俺たちはまず白銀の飛竜(ひりゅう)に肉薄——と同時に〝呼べばどこにでも現れる〟という聖具の特性を活かしてランスを回収からの〝《神纏(グランド)》不壊衝破(ダイヤモンドブレイク)〟三連発でこれを沈める。

となれば、あとは手負いのアガルタだけだ。

再び稲妻(いなずま)の如(ごと)く空を翔(か)けた俺たちは、先ほど避(よ)けられた〝《神纏(グランド)》閃穿紫突(エクレールバリスタ)〟を含め、神纏(グランド)系の武技(ぶぎ)を惜(お)しみなく叩(たた)き込んでやったというわけだ。

「ガ、グ……ッ!?」

そうしてもはや動くことさえできなくなったアガルタは、幻想形態から元の竜人へと戻り、信じられないといった表情で地面に這(は)い蹲(つくば)っていた。

なので俺たちは早々に浄化を執(と)り行う。

「……グ、ガアアアアアアアアアアアアアあああああああああああああっっ!?」

ばしゅう～、とアガルタの身体(からだ)から〝穢(けが)れ〟が完全に取り除かれ、彼本来の肉体が姿を現す。

だがやはり切り飛ばした左腕に関しては欠損(けっそん)したままであった。

まあ仕方あるまい。

たぶん〝治す〟と言っても拒否するだろうからな。

竜人は誇り高き戦士らしいし、勲章(くんしょう)的な感じで受け入れるのではないだろうか。

「ふむ、これが〝槍(やり)〟の聖神器(せいじんぎ)か。なかなかいい感じではないか」

ともあれ、聖女武装(スペリオルアームズ)を解き、自由になったアルカが聖神器をぶんぶんと振り回す。

やっぱり新しい装備ってのはテンションも上がるからな。

楽しそうで何よりである。

と。


「……俺は、助かったのか……？」


どうやらアガルタが正気に戻ったらしい。

未(いま)だ這い蹲っている彼の前に片膝(かたひざ)を突き、アルカは頷(うなず)いて言った。

「そうだ。運がよかったな、〝槍〟の聖者」

「貴様は……。そうか……。随分(ずいぶん)と世話をかけたようだな……」

「別に構わん。お前を助けたのはこいつを手に入れるついでだからな。むしろ礼はそこら辺でのびているお前の同胞たちにでも言ってやれ」

「ああ、そうだな……」

アガルタ自身、里の者たちを傷つけるつもりはなかったのだろう。

操られていたとはいえ、自分の過ちをかなり悔いているようだった。

まあ諸々の事情はこのあと竜人たちにきちんと説明するとして、その後の処遇に関してはエルフの時同様、彼らに任せようと思う。

「さてと、とりあえず範囲治癒で全員の治療を……って、うん？」

そんな中、俺はふとこちらに向けてよろよろと近づいてくる人物がいることに気づく。

「はあ、はあ……っ」

それは全身ずたぼろの上、左肩から出血しているキツめな顔立ちと銀髪が特徴の美女だった。

ずるずると引きずられている尾などを見る限り、先ほど戦った竜人たちの一人であるようだが、どこか雰囲気的にアルカに近い感じがしなくもない。

「あ、あの……？」

彼女は俺たちのことなど気にも留めず、真っ直ぐアガルタのもとへ向かったかと思うと、

「――この馬鹿亭主っ！」

——ばちんっ！

「げふうっ!?」

「「「——っ!?」」」

容赦なく瀕死のその顔面に大振りのビンタをかましたのだった。

一方その頃。

〝雷〟の女神——フルガの神殿では、閑散とした広間に二つの人影があった。

と言っても、一つは、空中に磔にされ力なく項垂れており、ぽたりぽたりと彼女の身体から滴り落ちる血で床が赤く染まっていた。

そう、この神殿の主——フルガである。

「残念だったわね、フルガ……。五つに分かれていなければ勝てたかもしれないのに……」

そしてもう一つは、彼女を見上げている、ぱっと見、無傷の若い女性。

フルガと同じ女神——フィーニスだった。

「殺すなら殺せ、このクソ野郎……っ」

「別に殺したりなんてしないわ……。私はただあなたの力を借りたいだけだもの……」

「冗談も大概にしやがれ……っ。てめえはもうオレたち全員の力を持ってるだろうが……っ」

血の唾を吐き捨てながら言うフルガに、フィーニスは「ええ、ええ、そのとおりよ、フルガ……」と頷く。

「でもあなたたちはまた私と子どもたちをいじめるでしょう……？　だからその前にあなたたちの力を全部私のものにしておこうと思って……」

「はっ、そうかい……っ。そいつはクソみてえな話だな……っ」

そう精一杯睨みを利かせて言うも、フィーニスは子どものように無邪気な笑みを浮かべて言った。

「うふふふふ……。あなたの次はテラ……。その次はトゥルボーにシヌス……。そして最後はイグニフェル……。皆一緒だもの……。寂しくはないわよね……？」

「笑わせんな、クソ女神……っ。五柱揃った時がてめえの最後だ……っ。必ずその腹掻っ捌いて出てきてやっからな……っ」

「うふ、うふふふふ……♪」

「ぐっ……!?」

楽しそうに笑うフィーニスの声が広間に響く中、フルガの身体はフィーニスから伸びる黒いもやにずずずと包まれていったのだった。

《聖女パーティー》エルマ視点40：そんなお導きがあるわけないでしょ!?

「……で、なんであんたはわざわざ正体を隠してまであたしに近づいたわけ？」

どかり、と椅子に腰かけ、あたしは床に正座中の豚に睨みを利かせながら問う。

言わずもがな、豚が正座しているのはあたしにとっちめられたからである。

ちょっとマグメルと対応が違うのではないかと優しく説き伏せたのだ。

「うぅ……ぐすっ……」

いや、そんな泣くほどのことじゃないでしょ。

それじゃまるであたしがあんたに何かしたみたいじゃない。

まあ確かにちょっと胸ぐらを摑んでぶんぶん前後に振り回したりはしたけど。

と。

「あの、大丈夫ですか……？」

「はい、大丈夫です！」

「（イラッ）」

ぐい～っ、とあたしは再び豚の胸ぐらを締め上げる。

「あんた、いい加減にしなさいよ……っ」

「ひ、ひぃぃ～!?　お、お助けぇ～!?」

ガチ泣きしている様子の豚に嘆息しつつ、あたしはぱっと手を放して再度椅子に体重を預ける。

すると、豚がよよよと人魚みたいな座り方をして言った。

「うぅ、聖女さまが怖いですぅ～……」

「誰のせいだと思ってるのよ!?　いいから早く説明しなさいな！　あとマグメルも豚を甘やかさない！」

「わ、わかりました……」

こくり、とマグメルが頷く中、豚はしくしくと泣きながら横座りだった足を正座状態に戻す。

てか、どうでもいいけど、なんでその足の短さで正座できるのよ、この豚。

「……ご存じのとおり、私は〝盾〟の聖者となるべくこの世に生を授かりました。ゆえに幼少期よりその使命に目覚め、いずれ来たる災厄に備えるべく、様々なことを学びました。ドワーフ以外の種族には胸の豊かな女性がいるということを知ったのもこの時です」

「！」

いや、その情報はいらないわよ。

なんでわざわざマグメルを見て言ったのよ。

言うならこっち見て言いなさいよね。

「そうして私は己の使命に従い、巨にゅ……ほかのレアスキル持ちと合流するために旅に出ました」

ちょっとあんた今別の使命を口にしかけなかった?

死ぬほどどうでもいい使命を。

「しかしまさか聖者たちが女神フィーニスの復活を目論み、人類に反旗を翻そうとしていたとは……。彼らより先に聖女さまにお会いできたのは、まさに奇跡と言うよりほかはありません。きっと女神オルゴーのお導きでしょう」

「なるほどね。つまりあたしと出会ったのは本当に偶然だったと」

「ええ、そうです。たまたま私がルピアの町で情報収集を行っていたところ、慌てた様子の聖女さまをお見かけしまして……。まさに運命の出会いというやつですな」

ぐっと拳を握り、何やら感慨に耽っている様子の豚。

「ふーん。まあそれはいいんだけど、一つ確認してもいいかしら?」

「はい、なんでしょうか?」

不思議そうな顔をする豚に、あたしは半眼を向けて言った。

「つまりあんたが巨乳目当てで亜人より人口の多い人間の町に行ったおかげで、聖者たちよりも早くあたしと出会ったってことよね？」

「……」

「……」

室内を静寂が包むこと数秒ほど。

豚はふっと全てを悟ったような顔で言った。

「きっと女神オルゴーのお導きでしょう」

「ふふ、そうよね。女神オルゴーならそういうこともあるわよね」

「ええ、そうでしょうとも」

うふふあははと互いに笑い合うあたしたち。

「って、そんなわけないでしょ⁉」

「ひいっ⁉」

「一体どんなお導きよ⁉　巨乳目当てで巨乳には少しばかり届かないあたしと出会ったって言うの⁉　じゃああたしも巨乳ってことじゃない⁉　ほら、あたしを巨乳って言いなさいよ⁉」

「お、落ち着いてください、エルマさま⁉」

三度豚の胸ぐらを締め上げるあたしを、マグメルが慌てて止めに入ったのだった。

「いや、おめえはどう見ても貧乳だろ」

「うるさいわね⁉　だったらなんだって言うのよ⁉」

127章　竜の夫婦

「お、落ち着け、ラマ!?　お、俺は今死にかけてるんだぞ!?」

「だからなんだと言うのだ!?　愛する妻を放って里を飛び出したかと思えば、〝穢れ〟に取り込まれてその妻ごと同胞を襲うなど……っ!　恥を知れ、この馬鹿者っ!」

——ばちんっ!

「あぶうっ!?」

「「……」」

再度強烈なビンタがアガルタの頬に振り下ろされ、俺たちは堪らず顔を顰める。

話を聞く限り、どうやらあの女性はアガルタの奥さんらしい。

しかもその様相と傷の具合を見るに、恐らくは彼女が先ほど戦った〝白銀の飛竜〟であろう。

まさか女性とは思わなかった。

そうとは知らず、思いっきり顔面をランスで何度もぶん殴ってしまったわけだが……あとで謝っておいた方がいいのだろうか……。

俺が一人そんなことを考えていると、件の女性がこちらを振り向いて言った。

ちなみにアガルタは彼女のビンタがよほど効いたらしく、ぴくぴくと素で死にかけていた。

「我らを止めてくれたのはお前たちだな？　――礼を言う。私は竜人族白竜種のラマ。この馬鹿者の妻……いや、〝元〟妻だ」

「何っ⁉　お、俺は別れたつもりはないぞ⁉」

あ、復活した。

「黙れ、この恥さらしがっ！　私が一体どんな気持ちで貴様を待っていたと思っている⁉」

「い、いや、しかし俺はお前のために亜人だけの世界をだな……」

「そんなことを望んだ覚えは一度もない！　私はただ貴様に側にいてほしかっただけだ！　だが貴様はいなかった！　ゆえに破婚だ！」

「そ、そんな……」

さあっと顔から血の気が引くアガルタに、ラマさんは「ふんっ」と腕を組みながらそっぽを向く。

一応左肩に重傷を負っているはずなのだが、さっきも普通に胸ぐらを掴んだりしていたので、たぶん怒りで痛みを忘れているのだろう。

そんな彼女の様子を見やりながら、ふいにシヴァさんが「気をつけなさい」と俺に忠告してきた。

「たとえ強い絆で結ばれていたとしても、扱いがぞんざいだとああいうことになりかねないから」

「き、肝に銘じておきます……」

俺は顔を引き攣らせつつ、頷いたのだった。

その後、アガルタ夫妻（元）を含めた竜人たち全員に範囲治癒を施し、俺たちは竜人の里をあとにした。

ラマさんには〝礼がしたい〟と言われたのだが、アガルタの処遇やらなんやらで里も忙しいだろうし、俺たちもまだ〝斧〟の聖者――ボレイオスの浄化が残っていたからな。

申し訳ないとは思いつつも、丁重にお断りして里を発ったというわけだ。

「しかしあれだな。聖者の中にも結婚してるやつとかいるんだな」

エストナへ帰還中、俺はふと疑問に思ったことを口にする。

ポルコさんは言わずもがな、淫魔のヘスペリオスには〝結婚〟なんて概念はないだろうし、シャンガルラやカナンも独身っぽかったからな。

というより、〝人類滅亡〟なんて大それた野望を掲げている以上、万が一の際に大切な人が人質にされぬよう、全ての人間関係を断っているものだと勝手に思い込んでいた。

エリュシオンとかそういうタイプだろうし。

「まあ救世主サイドである我々も、こうして一夫多妻のような感じになっているのだ。別段おかしなことでもあるまい」

「そうだな。とはいっても、俺たちの場合は少々事情が特殊だし、結婚……というか、鳳凰紋章がなければ乗り越えられなかった場面もあるからな」

ヘスペリオス戦とか、今だったら黒人形化した聖者たちに対してもそうだ。

「ふむ。ならばやはり我らはなるべくして夫婦になったのだろう。まさに〝運命〟というやつだな」

ふふっと不敵に笑うアルカに、シヴァさんも「そうね」と同意してくれていたのだが、

「ならそろそろ対女神フィーニス戦用に〝七人目の聖女〟についてもきちんと考えないといけないわね」

「七人目の聖女……？　あっ……」

そこで俺は気づく。

未だに鳳凰紋章を持たない聖女が一人いたことに。

そう、〝剣〟の聖女ことエルマである。

ポルコさんのせいですっかり忘れていたが、彼女に壁ドンするとかしないとかいう話が出て

いたのだ。

いや、でもエルマだしなぁ……。

どうしたものかと頭を悩ませていた俺だったが、ダメ元で二人にこう提案してみることにした。

「なあ、同じ聖女ということならここはもうアイリスに――」

「「……」」

――じとーっ。

「お任せは、できないですよね……はい」

うん、知ってた……、と俺は一人消沈していたのだった。

まあ許可されてもそれはそれで困るんだけどな……。

あの歳の子に鳳凰紋章は刻めないし……。

128章　女神の望み

その頃、〝地〟の女神――テラは一柱の女神と対峙していた。

全体的に色素が薄く、生気を感じさせない冷たさが特徴の女性。

そう、終焉の女神――フィーニスである。

「こうして直接お話しするのははじめてね、テラ……」

「そうですね。私たちが五つに分かれたのは、あなたを封じたあとでしたから……」

それより……、とテラは悲しげにフィーニスを見据えて言った。

「フルガを取り込んだのですね……。あなたの中から彼女の存在を感じます……」

「ええ、そう……。だってあなたたちはまた私たちをいじめようとするでしょう……？」

「……そう、でしたね。あなたにとって魔物たちは我が子も同然。それを排斥しようとする者たちに敵意を向けるのは当然です。ですがそれは私たち人の側も同じこと。ともに手を取り合う道はないのですか？」

「手を、取り合う……？」

テラの言葉に、フィーニスはおかしそうに笑って言った。

「その手を振り払ったのはあなたたちよ、テラ……。人が、私の可愛い子どもたちを食いものにしたの……。静かに暮らしていたあの子たちを、欲望のままにいっぱい殺したの……」

「それは……」

「だから私は怒ったの……。それなのにあなたたちは私を閉じ込めた……。悪いのは子どもたちを殺した人間なのに……」

「確かに彼らの行いは決して褒められるようなものではありません。ゆえにそれ相応の報いも受けました。ですがそれで全ての人に対して絶望するのは間違っています。あなたも出会ったはずです。あなたの心情に共感し、ともに寄り添ってくれる心優しき者たちに」

そうテラが告げると、フィーニスはにやっと口元を歪めて頷いた。

「ええ、ええ、出会ったわ……。私をあの暗い場所から出してくれた優しい子……。そして限りなく神に近い力を持つ強い子……。とても、とても可愛い子……。私の、イグザ……」

「そうです。人には彼のような者もいます。聖女たちにしてもそうです。ですから――」

と。

「ねえ、テラ……」

「？」

ふいに話を遮るようにフィーニスが声をかけてきて、テラは小首を傾げる。

すると、フィーニスは両手を頬に添え、恍惚の笑みを浮かべて言った。

「――私ね、〝赤ちゃん〟が欲しいの……」

「えっ？」

「きちんとお話のできる私の赤ちゃん……。私を〝ママ〟と慕ってくれる可愛い赤ちゃん……」

「な、何を言っているのです……？　エネルギー体である我ら神に子を宿す機能は備わっていません。そもそも女神しか存在しない中で人のように子を生すことなど……」

そこでテラははたと気づく。

そして彼女がその事実に気づいたことに、フィーニスもまた笑みを浮かべて言った。

「ええ、そう……。あの子ならきっとそれができる……。だから私は彼により強い力を与えているの……。限りなく神に近い存在から〝神〟へと昇華させるために……」

「そ、そんなことできるはず……」

「だからそのためにあなたたちの力が必要なの……。もちろん協力してくれるわよね……？　だってあなたは〝生命〟を司る女神さまだもの……」

ゆっくりと近づいてくるフィーニスに、テラは愕然として首を横に振りながら後退る。

「あ、あなたは自分が何をしようとしているのか理解しているのですか!?　我々が双子神であったのは、万が一の際、互いを止められるようにするためです！　なのにあなたは……うっ!?」

ずず、とフィーニスから伸びてきた黒いもやのようなものがテラの身体(からだ)を包み込んでいく。

「ふふ、大丈夫よ……。きっと上手(うま)くいくから……」

「に、逃げて……イグ……ザ……」

にこり、とフィーニスが微笑(ほほえ)む中、テラの意識は黒いもやに呑(の)み込まれていったのだった。

◇

「今すぐぶっ飛ばしてやるわ、この筋肉おばけ!?」

そうしてエストナへと帰還(きかん)した俺たちが目にしたのは、またもや白目を剝(む)きながらくたりと床に横たわっているポルコさんと、「お、落ち着いてください、エルマさま!?」とマグメルに羽交(はが)い締めにされているエルマ、そしてそんな彼女の胸元をぺちぺちと触りながら「ほら、やっぱりなんもねえじゃねえか」と絶望的なことを言うオフィールの姿だった。

「ええ……」

なんなのこれ……、と当然俺たちは状況がわからず困惑(こんわく)していたのだが、とりあえず関(かか)わると面倒臭(めんどうくさ)そうだったので、何も見なかったことにしてぱたりと扉を閉じたのだった。

129章　作戦会議

ともあれ、なんとかエルマを落ち着かせた俺たちは、アガルタに関しての報告などをしようとしていたのだが、

――ぼよよんっ。

「なあ、それすっごい気になるんだけど……」

「うるさいわね。ほっといて」

不自然に巨乳化しているエルマの姿に若干困惑していた。

なんでもトゥルボーさまから授かった風の防御壁らしいのだが、何故このタイミングで発動させる必要があったのだろうか。

いや、まあ先ほどの騒動が胸の話題に起因している以上、エルマなりの抗議活動なのかもしれないが……。

てか、それ以前にどういう防御壁なの、それ……。

幼い頃からエルマの胸事情を知っている俺からするともの凄い違和感なんだけど……。

　ぷいっとそっぽを向いているエルマに小さく嘆息しつつ、俺は気を取り直して言う。

「とにかくこれで残りは〝斧〟の聖者――ボレイオスただ一人になったわけだけど、今のやつの移動速度ならヒノカミフォームに皆を乗せて行っても十分間に合うらしい。そうですよね？　シヴァさん」

「ええ、大丈夫だと思うわ。そもそもミノタウロスの里はとある孤島の地下深くにあるし、彼の遊泳速度も大したレベルじゃないしね。まああれを〝泳いでいる〟と言うのもどうかと思うのだけれど」

「そんなに凄い泳ぎ方なの？」

　何やら興味がありそうなティルナ（お腹ぷにぷに中）に、シヴァさんは「そうね。確かに凄いわ」と肩を竦めて言った。

「だって〝海底を走っている〟んだもの。それも地上とほぼ同じくらいのスピードでね」

「！」

　うん、そりゃ確かにすげえわ。

　でもたぶんそれ、〝泳ぎ〟じゃないと思うなぁ……。

　俺が内心そんなことを考えていると、ザナが「なるほど」と頷いて言った。

「つまり場合によっては水中戦も可能ということかしら？　それならこちらが大分有利になると思うのだけれど」

「そうね。状況次第ではそれもありだと思うわ。わざわざ相手の土俵で戦う必要はないしね」

「ふむ。ならばティルナの聖女武装で水中戦を仕掛け、やつを行動不能にした後、オフィールが水上に張られた結界内で神器を浄化する――これが現状もっとも安全かつ有効な手段だと思うのだがどうだろうか？」

アルカの提案に、女子たちが次々に妥当だと頷く。

そんな中、この作戦に異議を唱える者たちがいた。

「ちょ、ちょっと待ちやがれ!? それじゃあたしの出番がねえじゃねえか!?」

「そ、そうです!? 水中の移動でしたら私もできますし、ここはさらに安全策ということで私の聖女武装で遠距離攻撃をするのがベストかと!?」

そう、オフィールとマグメルである。

今までは時間の都合上、最低限の人数で攻略に当たっていたからな。

その制限がなくなったとなれば、より安全性の高い作戦に切り替えるのも仕方ないとは思うのだが……。

「でもマグメルの移動術はそこまで速いわけじゃないし、牛さんが地上と同じ速度で走っているのなら、大規模な遠距離攻撃は避けられる可能性がある。その際の視認性も決していいとは言えない。というわけで、やっぱりわたしが適任」

「うぐっ……」

えっへん、とその小振りなお胸を張るティルナに、マグメルがぐぬぬと唇を噛み締める。

だが一番納得がいってなかったのは、同じ《冥斧》のレアスキル持ちにもかかわらず、話題にすら上がっていないオフィールだった。

「お、おい、じゃああたしはどうなんだよ!?」

「オフィールはそもそも水中で戦う意味がない。あなたの力は陸上でこそ最大限に発揮されるから。攻撃力も一番高いし」

「お、おう。まあな」

へへっとオフィールが嬉しそうに鼻を掻く。

が。

「いや、まんざらでもない顔してるけど、普通に作戦からは外されてるからね？　あんた」

「んなっ!?」

エルマの突っ込みに、オフィールはびくりとショックを受けていたのだった。

◇

その頃。

フルガに続いてテラまでも取り込んだフィーニスは、彼女たちの力で一層鋭くなった感覚を研ぎ澄まし、世界中の気配を探っていた。

捜すのはもちろん〝剣〟と〝盾〟の聖者たちだ。

〝盾〟はまだしも、何故〝剣〟の聖者まで気配が消えたのかはわからないが、まあそれはいい。

彼の代わりとなる者……いや、〝者たち〟はすでに見つけているのだから。

と。

「あら……？　あらあら……？」

その時、フィーニスはふと違和感を覚える。

微弱だが、北の町にある気配が一つ増えている気がしたのだ。

「うふふふふ……♪　やっぱりそこにいたのね……」

そう嬉しそうに笑い、フィーニスはずずずと足元の黒いもやにその身体を沈めていったのだった。

130章 〝盾〟の陥落

それは突然のことだった。

「――ふふ、見～つけた……♪」

「――はわっ!?」

「「「「「「――っ!?」」」」」」

今まさに宿を出ようとした瞬間、聞き覚えのある女性の声とともにポルコさんが悲鳴を上げたのである。

「あ、あの、お胸が背中に当たっているのですが!?」

いや、悲鳴なのかどうかは少々怪(あや)しいところなのだが、とにかくフィーニスさまがポルコさんの首元に背後から両腕を回していたのだ。

一体いつの間に現れたのか。

俺たちが唖然と佇む中、フィーニスさまはポルコさんの顔をそのしなやかな指で撫でつつ、耳元で囁くように言った。

「あなた、〝盾〟の聖者ね……?」

「は、はひ!?　そ、そうですぅ~!?」

何故かぞくぞくしている様子のポルコさんに、当然エルマが声を荒らげる。

「ちょ、ちょっと豚!?　何普通にバラしちゃってんのよ!?」

「――はっ!?」

そこで正気に戻ったらしいポルコさんだったが、再びフィーニスさまに頬を撫でられると、

「あひいっ!?」とM男感を全開に悶えていた。

「「「「「「……」」」」」」

もうあの人のことは諦めた方がよいのではないか――その場にいた全員がたぶんそう思っていた。

「ふふ、素直な子は好きよ……?　だからあなたに〝ご褒美〟をあげる……」

「ご、ご褒美!?」

ポルコさんの鼻息がとっても荒くなる。

めちゃくちゃ期待しているところ申し訳ないんだけど、たぶんそのご褒美はポルコさんの考えているようなご褒美じゃないと思う。

　――ずずず。

「……うん？　――ひいっ!?　な、なんですかこれは!?」

　ポルコさんの身体に黒いもやが絡みついていく。

　でしょうねという感じだが、やはりフィーニスさまはポルコさんを黒人形化させるつもりらしい。

　できればそうなる前に助けてあげたかったのだが、フィーニスさまが直々に力を行使している以上、下手に手を出すわけにもいかず……。

「はい、可愛いお人形の出来上がり……♪」

「グオオオオオオオオオオオオオオオオオオオオオオオオオッ！」

　ポルコさんは為す術もなく〝盾〟の黒人形にされてしまったのだった。

◇

　ずがんっ！　と宿の壁を破壊しながら襲いかかってきたポルコさんの攻撃を避けつつ、俺たちはそれぞれ臨戦態勢をとる。

　ポルコさん……いや、〝盾〟の聖者を黒人形化できたことでフィーニスさまも満足したらしく、彼女は「じゃあいっぱい遊んであげてね……」と言い残して俺たちの前から姿を消していった。

ずっと捜していた〝盾〟の聖者を手に入れた割には随分とあっさり引き下がった気がするのだが、果たして俺の気のせいだろうか。

いまいち彼女が何を考えているのかがわからない。

でもなんだろう。

何かを〝急いでいる〟気がする。

何を急いでいるのかは皆目見当もつかないのだが……。

と。

「「「「はあっ！」」」」

――どがんっ！

「グゲエエエエエエエエエエエエエッ!?」

「……」

まあそれはそれとして、皆容赦なくない……？

ポルコさんが防御特化の聖者じゃなかったら普通に死んでる気がするんだけど……。

「あら、もしかして私の聖女武装は必要ない感じかしら？」

「あの、その前にポルコさまは大丈夫なのでしょうか……？」

同じく攻撃に参加していなかったシヴァさんとマグメルも心配そうにポルコさんを見据える。

あのタコ殴り具合を見た感じ、大丈夫かと言われるとちょっと小首を傾げたくなるのだが、彼は腐っても〝盾〟の聖者である。

──がきんっ！

「「「「ぐっ⁉」」」」

ゆえに本気で防御を固めたポルコさんの盾を砕くことはできず、女子たちの攻撃が一斉に弾かれる。

両腕に装着された大盾型神器の強固さも相まってか、まるで殻にでも閉じこもったかのようにも見えるその姿は、どこかアダマンティアを彷彿とさせていた。

さすがは〝盾〟の聖者といったところだろうか。

まさに鉄壁の防御力を誇っていた。

あれを崩すには同じ《宝盾》の力を持つシヴァさんの聖女武装で真正面からぶつかり合うしかないだろう。

「シヴァさん」

「ええ、それしかないようね」

彼女も俺と同じ結論に達したらしく、聖女武装を発動させるべく近づいてくる。

と、その時だ。

「……グ、ギギ……ッ。オ、前……オ前……ッ」

「「「「「「──っ!?」」」」」」

ふいにポルコさんが俺を指差しながら言葉を発し始めたではないか。
まさかこの状況でも理性が残っているのだろうか。
もしそうなら彼が自身を抑えてくれているうちに浄化してあげたい。
そう思い、俺はポルコさんの言葉に耳を傾けていたのだが、

「オ前……嫁イッパイ……ズルイ……。一人……俺ニ……ヨコセ……」

「「「「「「……」」」」」」

えっと、これは理性、なのだろうか……。
むしろ本能なのではと首を傾げつつも、女子たちがどん引きしていることだけは確かなのであった。

《聖女パーティー》エルマ視点41：豚なのかオークなのか……。

なんということであろうか。

豚があの怖い女神の手によって〝黒人形〟とかいうのにさせられてしまった。

まあそれは彼女の色仕掛けにがっつりハマった豚の自業自得なのだけれど、問題はその豚の外見が黒いオークにしか見えない上、嫁……いや、〝女〟を求めているということである。

もちろん巨乳好きな豚のことだ。

好み的にどストライクのマグメルは言わずもがな、アルカディアにオフィール、シヴァとすでに目をつけまくりだろう。

その上、お胸は並だがザナはSっ気を感じさせる美人だし、ティルナのバブみ（？）も捨てがたい魅力がある。

そう、この中にいる誰もが豚に狙われている可能性があるのだ。

「悪いがポルコさん、彼女たちは皆俺の嫁だ。あなたには誰一人として渡すわけにはいかない」

「グギギ……ッ。許スマジ……ハーレム王……ッ」

「……ハーレム王？」

だが彼女たちには夫であるイグザがいる。

今や神にすら匹敵する力を身につけたあいつがいる限り、豚の望みが叶うことはないだろう。

となれば、だ。

次に豚が狙うのはそう——未だフリーのあたし！

マグメルにその座を奪われたとはいえ、一度は恋い焦がれていた相手だもの。

しかもそこそこ長い間二人で旅をしてきたともなれば、日々悶々と抱いていた劣情をここぞとばかりにぶつけてくること間違いなし！

でもあたしは屈しないわ！

たとえこの身体を豚の好きにされても、心までは絶対に屈したりなんてしないんだから！

……。

いや、なんの話よ⁉　とあたしは内心自分に突っ込みを入れる。

なんか無駄に熱く語っちゃったけど、そもそも豚に犯された時点で普通に自害するっての⁉

心が屈しなければいいとかそういう問題じゃないわよ⁉

ふざけてんの⁉

「ふむ、何やら顔色が優れないようだが大丈夫か？」

「え、ええ、大丈夫よ。ありがとう」

って、危ない危ない。

あたしが内心変なことを考えていたのがバレるところだったわ。

でも……、とあたしはアルカディアを横目で見やる。

この子とか〝くっ、殺せ！〟って感じで最後まで粘ってそうな気がするのよね……。

豚の隠し持ってた本にもそう書いてあったし。

こういう芯の強そうな女戦士は大体そう言いながら粘るんだって。

まあそれでも最終的には〝悔しい……っ〟みたいな感じで落とされちゃうらしいんだけど。

……。

いや、だからあたしはなんの話をしてるのよ⁉

この状況で頭沸いてんじゃないの⁉

ほぼオーク化している豚と、以前読んだあのちょっとだけいやらしい本のおかげで、あたしの思考回路は少々おかしいことになっているようなのであった。

い、一応言っておくけど、別にあの本は読みたくて読んだわけじゃないんだからね⁉

そこにあったから仕方なく読んだだけなの⁉

131章　疾走する城壁

「～～っ!?」

「……」

なんか先ほどからエルマの顔色が赤くなったり青くなったりと無駄に忙しそうなのだが、一体どうしたのだろうか。

まあ操られているとはいえ、今まで一緒に旅をしてきたポルコさんが敵になってしまったのだ。

動揺するのも無理はないと思うのだけれど、さっき思いっきりぶん殴ってたからなぁ……。

たぶん動揺は全然関係ないんじゃないかなぁ……。

と、そんなことを思いつつ、俺は再びポルコさんへと視線を移す。

「グギ……ッ。ギギギ……ッ」

ドワーフというよりはオークのような見てくれになっているポルコさんは、俺に対して殺意にも似た感情を剝き出しにしているようだった。

俺のことを〝ハーレム王〟とか言っていたし、よほど羨ましく思っているのだろう。

だが俺だって最初からハーレム王だったわけではない。

散々辛い思いをしてきた末にそれが報われただけなのだ。

まあその辛い思いをさせてきた本人がそこで悶えているのはさておき。

「俺……オ前……倒ス……ッ。ソウスレバ……女……全部……俺ノモノ……ッ」

べきばきとポルコさんの身体が肥大化し、全身が強固な装甲で覆われていく。

とくに前面の防御は厚く、両腕に装着されている大盾型神器の異様さも相まってか、まるで全身が一つの〝盾〟のような感じになっていた。

恐らくはこれが彼の幻想形態。

いや、エルマの話だとポルコさんもまた五柱の女神さまたちの力を授かっているのだ。

ならばこれはフィーニスさまの力にオルゴーさまの力が合わさったはじめての形態と言ってもいいだろう。

その証拠に、これだけ重装なら満足に動けないはずだと考えていたのだが、

「――俺ノ……女神イイイイイイイイイイイイイイイイイイイイイッッ!!」

「「「「「「「――っ!?」」」」」」」

どばんっ！　と凄（すさ）まじい脚力で地を蹴（け）ったポルコさんは、砲弾の如（ごと）く俺たちの方へと突っ込んできた。

「くっ⁉」

――どんっ！

「「きゃっ⁉」」

――ずがんっ！

「ぐわっ⁉」

「「「「イグザ⁉」」」」「イグザさま⁉」

即座にマグメルとシヴァさんを突き飛ばした俺を、走る城壁と化したポルコさんが容赦（ようしゃ）なく轢（ひ）いていく。

そのあまりに強烈な衝撃に思わず意識が飛びそうになる俺だったが、なんとか歯を食い縛（しば）ってポルコさんにしがみつく。

というか、もしあのままマグメルとシヴァさんを弾（はじ）き飛ばしていたらどうするつもりだったんだ？

なんとなく会話が成立しているからまだ理性が残っているものと錯覚（さっかく）していたのだが、今ので確信した。

黒人形（ドール）と化したポルコさんに最早（もはや）理性はほとんど残っていない。

というより、欲望をぶつけることだけが頭を支配していて、ぶつける相手のことなどまったく考えてはいない。

だから〝女神〟と慕っていたマグメルでさえ轢こうとした。

黒人形化されている以上、それは仕方のないことなのだろう。

ポルコさん自身の意思ではないことも承知している。

だが――。

「それでも彼女たちを傷つけようとしたことに腹が立つッ！」

どがんっ！　と俺は全力の拳をポルコさん……いや、〝盾〟の黒人形の顔面に叩き込む。

――ごごうっ！

そのまま装甲の隙間に炎を流し込むも黒人形の足は止まらず、俺は一度やつから距離を取ることにした。

――ずざざざっ！

すると、黒人形は両足で踏ん張るようにしてブレーキをかけ、先の攻撃にまったく怯んだ様子を見せずに言った。

「……女……俺ノ嫁……ッ。邪魔ヲ……スルナ……ッ」

「あんたの嫁じゃない。俺の嫁だ。今その証拠を見せてやる。――シヴァさん」

「ええ、準備はできているわ」

そう言ってシヴァさんが寄りかかるようにして俺の首に腕を回してくる。

「グギ……ッ」

それを見た黒人形(ドール)がさらに苛立(いらだ)ったのがわかったが、俺は気にせず彼女の腰を抱く。

「ふふ、なるほどね。確かにほかの子たちがキスをしたくなる気持ちがわかったような気がするわ。私もなんだか昂(たかぶ)ってきちゃったもの」

「俺もです、シヴァさん。一緒に行きましょう」

「ええ、もちろんよ。私の愛(いと)しいダーリ……んっ……」

――ごごうっ！

その瞬間、俺たちはともに猛々(たけだけ)しく燃える炎に包まれ、聖女武装(スペリオルアームズ)を発動させたのだった。

「「――〝聖女武装(スペリオルアームズ)《宝盾(ほうじゅん)》〟ッッ!!」」

132章　砕け散る想い

「――〝《神纏》不可侵不落の聖城〟ッッ!!」

どがんっ!　と大盾を構えた俺たちを覆うように、まるで城塞を思わせる巨大な建造物が出現する。

何人もこれ以上は絶対に通さない完全無欠の大防御壁――それがこの〝《神纏》不可侵不落の聖城〟である。

俺たちが今放てる最高にして最強の防御壁ゆえ、一度発動させたら動くことは叶わないが、そもそも動く必要などありはしなかった。

「来いよ、〝盾〟の黒人形。この防御壁は俺たちの絆の強さでできている。だからあんたには絶対に破れはしない」

「グ、ギギ……ッ」

「ふふ、そうね。私たちの愛の力をせいぜい思い知りなさいな」

幽体化したシヴァさんが余裕を孕ませた声でそう告げると、黒人形の中で何かが切れたらし

く、やつは声を荒らげながら猛然と大地を蹴(け)った。

「ハーレムオオオオオオオオオオオオオウウウウウッッ!!」

——ずがあああああああああああああああああああんっっ!!

俺たちの〝盾〟と黒人形(ドール)の〝盾〟が激烈(げきれつ)にぶつかり合い、巻き起こった衝撃波が凄(すさ)まじい勢いで積もった雪や氷を弾(はじ)き飛ばしていく。

当然、周囲の民家などは大丈夫かと心配になったが、このエストナは豪雪地帯ゆえ、それらも頑丈(がんじょう)にできているらしく、ぱっと見、倒壊などは起こっていないようだった。

俺たちの〝盾〟にしてもそうだ。

これだけの衝撃を受けているにもかかわらず、俺たちは背後にいる女子たちを完璧(かんぺき)に守り切っていたのだ。

——べきっ！

「グギッ!?」

そんな中、黒人形(ドール)の〝盾〟に亀裂(きれつ)が走る。

自(みずか)ら放った衝撃に装甲(そうこう)が耐えられなくなっているのだろう。

「ガアアアアアアアアアアアアアアアアアアアアアアッッ!!」

「!」

だが黒人形(ドール)は一切退(ひ)かず、逆に踏ん張りを強めて迫ってきた。

一体何が彼をそこまで駆り立てているのだろうか。

「女アアアアアアアアアアアアアアアアアアアアアアアアアアアアッッ!!」

「……」

いや、駆り立てている理由はわかっているのだが、このままではいずれ自滅するだけだ。

それでもなお前に進もうというのか、ポルコさん……っ。

「嫁エエエエエエエエエエエエエエエエエエエエエエエエエエエエエッッ!!」

――べきばきっ!

「……わかった。ならあんたのその思いは俺たちがここで全部受け止めて――そして打ち砕(くだ)くッ! ――いいかな? シヴァさん」

「ええ。あなたの御心のままに」

「――っ!?」

ばきんっ! とついに耐え切れなくなった黒人形(ドール)の装甲が砕け散り、やつは衝撃で仰(の)け反(ぞ)る。

「――マグメル!」

「は、はい！」

その瞬間、俺は〝《神纏》不可侵不落の聖城〟とともに聖女武装を解除し、声を張り上げてマグメルに手を伸ばした。

――ぼふっ。

そうして飛び込んできたその華奢な身体を優しく抱き締めつつ、俺は「来てくれてありがとう、マグメル」と微笑んで言った。

「君の力を俺に貸してほしい」

「……はい。この時をずっと待っていました……。私は、私はあなたさまを心よりお慕いしています……」

「ああ。俺も君を心から愛してるよ、マグメル」

「嬉しい、イグザさま……。私の、イグザさま……ん、ちゅっ……」

――ごごうっ！

優しい口づけの後、彼女は目映い輝きとともに力強い炎へと変化し、俺と一つになる。

「――〝聖女武装《無杖》〟ッッ!!」

――どぱんっ！

本来ならば黒人形（ドール）化されたヘスペリオス相手に使うはずだった〝杖（つえ）〟の聖女武装（スペリオルアームズ）だ。

一層神々（こうごう）しくなった杖は言わずもがな、俺たちの周囲を七つの球体が浮遊しており、それらは俺たちが黒人形（ドール）に向けて杖を突きつけた瞬間、その先端でくるくると円を描き始め、徐々（じょじょ）に回転速度を上げていった。

そう、エネルギーを集束させているのだ。

「見てのとおり、マグメルは俺の嫁だ。だからあなたに渡すわけにはいかない。悪いな、ポルコさん」

「グ、ギギギギ……ッ。オ、俺ノ女神イイイイイイイイイイイイイイイイイイイイイイイイイイッッ!!」

そして。

「「――〝《神纏（グランド）》閃皇七星界吼（フルシャイニンググレイ）〟ッッ!!」」

――どばああああああああああああああああああああんっっ!!

強烈な七色の閃光（せんこう）が黒人形（ドール）に向けて放たれたのだった。

最初からわかっていたのです。

私では女神さまを幸せにすることはできないと。

でも、それでも私は女神さまにお嫁さんになってほしかった。

ずっと私の側で微笑んでいてほしかった。

だってお淑やかでおっぱいの大きな美女とか反則じゃないですか。

そりゃ私だって〝ママー〟って感じでダイブしたくもなりますよ。

大体、イグザさまにはほかにもアルカディアさまやオフィールさま、シヴァさまなどなどの魅力的なおっぱいがあるんですからいいじゃないですか。

それどころか、イグニフェルさまやフルガさまにも手を出してるとか、ホントちょっといい加減にしていただきたいです（怒）。

もちろんザナさまやカヤさまも美人ですし、ティルナさまは……色々と可愛らしくていいと思います。

まあ結局何が言いたいかというと、〝独り占めはよくない〟ということです。

……え、聖女さま?

確かに聖女さまは美人ですよ、ええ。

今となっては見る影もありませんが、お淑やかで私好みのムチムチな太ももでもありました。

私に気があったということも承知しております。

でも、でもおっぱいがなかったんですぅ!?

どこにお忘れになってきたのかと言いたくなるほど胸元がすっからかんだったんですぅ〜!?

——ごんっ!

「げふぅ!?」

その瞬間、私の顔に激痛が走ったのでした。

「お、おい、エルマ落ち着け!? 一体どうしたんだ!?」
「どうもこうもないわよ!? この豚、ぶっ殺してやるわ!?」
突如ポルコさんの顔面に大振りの拳を叩き込んだエルマを、俺は慌てて羽交い締めにする。
先ほどまで心配そうにポルコさんの様子を窺っていたエルマが、いきなり全身のバネをフルに使って渾身の一撃を叩き込んだのだ。

そりゃ何ごとかと驚きもするわ。

てか、拳が手首くらいまでめり込んでいた気がするんだけど大丈夫なのだろうか……。

「いや、ぶっ殺すも何もすでに死にかけてるんだけど⁉」

「だったらこのまま息の根を止めてやるわ⁉　あたしにはその権利があるんだから⁉」

「と、とにかく落ち着けって⁉　なんの権利かは知らんが何故こんな凶行を⁉」

「そんなの豚があたしをコケにしたからに決まってるでしょ⁉　なんか寝言みたいなことをぶつぶつと呟いてるなぁと思って耳を近づけてみたら、あたしの胸を〝すっからかん〟って言ったのよこの豚⁉」

「だーっはっはっはっはっはっ！　そりゃ言いたくもなるわな！」

指を差しながら大爆笑するオフィールに、当然エルマは真っ赤な顔で声を荒らげる。

「いや、笑ってんじゃないわよ、このおっぱいおばけ⁉　なんならあんたのそれをもぎ取ってあたしの胸に移植してやろうかしら⁉」

「落ち着いて、エルマ。それなんの解決にもなってない」

どうどうとティルナが宥めに入るも、エルマの怒りは収まらないらしく、何故かその矛先を俺に向けてくる。

「大体、あんたが巨乳ばっか集めてくるからこういうことになるのよ⁉　責任取りなさいよ⁉」

「え、俺⁉」

てか、どういう理屈⁉

「そうよ⁉　仮に全員ティルナみたいな感じだったら争いなんて起こらなかったでしょうが⁉」

「いやいやいや……」

何を言ってるの、この子……。

と。

「ちょっと待って。わたしよりあなたの方が小さいのだから、例に出すならそっちを主に出すべき」

「……えっ？」

ティルナの突っ込みに、エルマが呆然と目をぱちくりさせる。

そして彼女は無言でティルナに近づいたかと思うと、その胸元をぺたりと触り始めた。

――ぺたぺたぺたぺた。

途中で自分の胸元も触りつつ、互いのボリュームを比べていく。

そうして検証が終わったらしいエルマは、ふっと全てを悟ったように微笑むと、

「い、今すぐあたしの胸を揉んでぇ～⁉」

「ええっ⁉」

泣きながら俺の方へと縋ってきたのだった。

134章 不可能への挑戦

「早く揉んでぇ～!? そしてあたしを爆乳にしてぇ～!?」

「お、落ち着け、エルマ!? それは物理的というか可能性的に無理だ!?」

「〝可能性的に無理〟って何よ!? 少しぐらいはあるでしょ!?」

それがないから困ってるんだろ……。

乳を揉めとひたすら迫ってくるエルマに、俺が為す術もなくいた時のことだ。


「――落ち着いてください、聖女さま」


「「!」」

どこからともなく聞こえてきた男らしい声音に、俺たちははっと意識を持っていかれる。

そこで静かに佇んでいたのはそう――ポルコさんだった。

どうやらマグメルが治癒術をかけてくれたらしく、瀕死状態から奇跡の生還を果たしたらしい。

啞然と口を半開きにする俺たちに、ポルコさんはやはり男らしい顔で言った。

「大丈夫です。あなたのお胸はこの不肖ポルコめが必ずや爆乳へと育て上げてみせます！」

ぐっと拳を握って断言するポルコさんに、エルマも「豚……」と希望を見たかのように距離を縮めていったのだが、

「って、あんたはただあたしのおっぱい触りたいだけでしょうが!?」

――ぱんぱんぱんぱんぱんぱんぱんっ！

「あぶおぶあぶおぶあぶおぶっ!?」

あっという間に本心を見透かされ、怒りの往復ビンタを食らっていた。

「ちょ、ちょっと待ってください!?　た、確かにそういう気持ちがないわけではありませんが、でも聖女さまの望みを叶えて差し上げたいというのは本当です！」

「……ふーん。嘘じゃないでしょうね？」

「も、もちろんです！　不可能への挑戦――イグザさまですら成し遂げられなかったこの偉業を達成させた暁には、私は男として彼の上に行けると信じていますから！」

「いや、そんなことで上に行かれても……」

俺が呆れ気味に肩を落としていると、エルマは「なるほど。あんたの本気度は理解したわ」と頷いた後、

「でも〝不可能への挑戦〟って何よ!?　あんたも可能性的に無理だと思ってるんじゃない!?」

――ぱんぱんぱんぱんぱんぱんっ！

「あぶおぶあぶおぶあぶおぶっ!?」

再び怒りの往復ビンタを容赦なく見舞っていたのだった。

そんなこんなでポルコさんが再び死に瀕していることはさておき。

俺たちは半壊した宿の一階に集まり、今後についての話し合いをしていた。

ちなみに宿に関しては後ほどポルコさんがドワーフパワーで修復してくれるらしい。

正直、どうしたものかと悩んでいたのでありがたい限りである。

ともあれ、今はボレイオスを止めるのが最優先ゆえ、俺は早々にヒノカミフォームに皆を乗せ、ミノタウロスの里へと向かおうとしていたのだが、

「おい、どうした？　大丈夫か？」

「？」

ふいにアルカのそんな声が聞こえ、何ごとかと振り返る。

「はあ、はあ……」

そこで俺が目にしたのは、何やら苦しそうに杖に体重を預け、床に座り込んでいるマグメルの姿だった。

「マグメル!?」

慌てて駆け寄った俺たちに、マグメルは息も絶え絶えに言った。

「も、申し訳ございません……。なんだか身体が火照ってしまって……」

「わかった。今治癒術をかけるからもう少しだけ我慢してくれ」

ぽわっと優しい光がマグメルを包み込む。

俺の治癒術というか再生術は特別製ゆえ、死者以外であればどんな病気や傷もたちどころに治してしまうのだが、

「んっ……はあ、はあ……」

「俺の治癒術が効かない……っ!?」

マグメルの体調は一向に改善する気配を見せなかった。

一体何故……、と困惑する俺だったのだが、その時、ふとザナがこんなことを言い出した。

「……ねえ、イグザ。私の勘違いだったら申し訳ないのだけれど、もしかしたらマグメルのそれは病気や外傷の類じゃないんじゃないかしら?」

「え、どういうことだ?」

俺が眉根を寄せる中、ザナはマグメルにこう尋ねた。

「ねえ、マグメル。正直に答えてちょうだい。もしかしてあなた――今〝もの凄くいやらしい気持ち〟になっているんじゃない？」

「……はい。仰るとおりです……」

「えっ？」

こくり、と恥ずかしそうに頷くマグメルに、思わず目が点になる俺。

すると、当然の如く女子たちが頭を抱え始めた。

「おいおい、マジかよ。まさかおめえ、さっきのキスで我慢できなくなっちまったんじゃねえだろうな？」

「ち、違います!? ほ、本当に身体の火照りが治まらないんです!?」

「つまり〝我慢できない〟のだろう？　まったく、これだから淫乱聖女は……」

「し、失礼なことを仰らないでください!?　私は淫乱……かもしれませんが、それはイグザさまに対してだけです!?　だ、だって仕方ないじゃないですか!?　その方がより一層いやらしい気持ちになれるんですから!?」

「え、ちょ、マグメル……？　あんた、そんなキャラだったの……？」

「というか、それ以前にわたしだけ聖女武装の時にキスしてない。ずるい」

「と、とりあえず皆落ち着こうか……」

そう皆を宥めつつ、俺はザナに問う。

「それで、ザナはどうしてわかったんだ？」

「もちろん〝女の勘〟よ。ほら私、あなたに色目を使っている女の気配がわかるでしょう？」

「え、あ、うん……？」

何それ、初耳なんですけど。

「だからマグメルがもの凄くあなたに抱かれたがってるってことが本能的にわかったってわけ」

「な、なるほど……。本能的に……」

うん、その特殊能力に関してはこれ以上突っ込まないでおこう。

たぶん触れちゃいけないやつな気がする。

「ま、まあ問題はどうしていきなりそうなったのかだと思う。いくら気持ちが昂ったとはいえ、マグメルがこの状況で我を通そうとするなんて考えづらいし」

「そうかぁ？　こいつ、いっつもエロいことばっか考えてんぞ？　どうやったらあんたが襲ってくれるかみてえなのをぶつぶつ呟きながら下着選んでたしよぉ」

「ちょ、ちょっとオフィールさま!?」

真っ赤な顔で抗議の声を上げるマグメルに苦笑いを浮かべつつ、俺はシヴァさんに尋ねる。

「シヴァさん的にはどうですか？　俺は何かしらの影響を受けているんじゃないかと思っているのですが……」

「そうね。恐らく考えられる要因としては、彼女だけが唯一〝聖神器による聖女武装を発動させた〟ということかしら？　もしかしたらその反動という可能性はあるわね」

「なるほど。確かにその可能性はありますね。本人が抑えられないほどの情欲ということは、それだけ彼女の身体に流れた力が大きかったとか？」

「かもしれないわね。いずれにせよ、現状では正確な判断を下すことはできないわ。ただ浄化されているとはいえ、女神フィーニスの力が関わっている以上、この状態を放置するのも危険だと思うの」

「つまり望み通り火照りを解消させるしかないと……」

「ええ。それが現状打てる最善の手でしょうね」

なるほど……、と俺が考えを巡らせていると、マグメルが首を横に振って言った。

「い、いいえ、それはいけません、イグザさま……。今優先すべきは黒人形と化した聖者ボレイオスの浄化です……。ミノタウロスの方々が危機に瀕している以上、どうかそちらを優先してくださいませ……。私は大丈夫ですから……」

にこり、と息も絶え絶えに微笑むマグメルに、俺はぐっと拳を握り締める。

確かに現状ただの発情状態ゆえ、命に関わるようなことではないのかもしれない。

だがフィーニスさまが関わっている以上、恐怖心だってあるだろうし、何より立っていられないほどの苦痛が彼女を襲っているのだ。

そんな状態のマグメルを放置することなどできるはずがない。

だから俺はシヴァさんに問いかける。

「シヴァさん、マグメルを助ける時間はありますか？」

「イグザさま!?」

「うーん、正直ぎりぎりといったところかしら？　もちろんスザクフォームでの計算になるから、全員で行けなくなる上、〝水中戦〟というアドバンテージもなくなるわ」

「つまり〝時間はある〟ということですね？」

俺の問いに、シヴァさんは肩を竦めて頷いた。

「ええ。ダーリンとそこのグレートオーガちゃんが真っ向から戦うことにはなるけどね」

ちらり、と視線を向けられたオフィールは、二、三度目をぱちくりしたかと思うと、

「いやあ！　そりゃ残念だなあ！」

「「「……」」」

HAHAHA！　とにやにやが止まらなそうであった。

まあ当初の予定だとオフィールの聖女武装は出番がなかったからな。

確かに危険度は上がるが、彼女としては願ったり叶ったりなのだろう。

「わかりました。じゃあ――」

「い、イグザさま……？」

ともあれ、そういうことなら問題はない。

　俺はマグメルをお姫さま抱っこしながら微笑んだのだった。

「ごめん、マグメル。俺はやっぱり君を放ってはおけない。ちょっと激しめになるとは思うけどいいかな？」

「……はい。いっぱい激しくしてください、イグザさま……」

　と。

「ぐっ、なんだか私も身体の火照りが……っ」

「ええ、これはもう今すぐにでも抱いてもらわないと死んでしまうわ……っ」

「うん、わたしもちょっと火照り気味……ふう」

「……」

　いや、君たちは我慢しようね？

　そうして新たに借りた部屋へと足を踏み入れた俺は、声が漏れぬよう結界を張りつつ、マグメルをベッドに寝かせる。
　すると、彼女は俺の首に腕を回したまま言った。
「あの、イグザさま、一つだけお願いがあるんです……」

「うん？　どうした？」

「その、時間がないのは重々承知（しょうち）しているのですが……」

「いいよ。なんでも言ってくれ」

俺がそう促（うなが）すと、マグメルはどこか恥ずかしそうに言った。


「……私、イグザさまとの赤ちゃんが欲しいんです……」


「えっ!?」

あ、赤ちゃん!?

「ち、違うんです!?　その、何故かはわからないのですが、この状態になってからイグザさまとの赤ちゃんが欲しくてたまらないといいますか……。なのでできれば子作りのように抱いていただけたらなと……」

「あ、ああ、そういうことか……」

びっくりした……。

「はい……。確かにいずれはと私も思ってはいたのですが、明らかにいつもの自分とは違う感じでして……」

「……なるほど。恐らく聖神器の影響だとは思うけど、それは〝振り〟でも大丈夫な感じなのかな？」

「それはなんとも……。私の精神状態が満たされればよいのか、それとも実際に子を生(な)さなければ治まらないのか……」

「うーん……」

　であればまずは精神状態を満たす方向で事を進めようと思う。

　俺だっていつかは彼女と子を儲(もう)けたいとは思っているが、フィーニスさまとの戦闘を控(ひか)えている以上、新しい命を危険に晒(さら)すわけにはいかないからな。

　というわけで、マグメルには申し訳なく思いつつも、俺は一つの策を練ることにした。

「わかった。なら俺は今から《完全受胎(ガヴリエラ)》を使わずに君を抱く。いわゆる自然妊娠を狙(ねら)った子作りだ。運がよければ子どもができるかもしれない。それでいいかな？」

「は、はい、もちろんです！　……でも、本当によろしいのですか……？」

　その問いはほかの女子たちを気遣(きづか)ってのものだろう。

　だが問題はない。

　俺の策は彼女に〝妊娠の可能性がある〟ということを〝思い込ませる〟ことなのだから。

「ああ。だから君もそのつもりで臨(のぞ)んでほしい」

「わかりました……。では、私をあなたさまの子種(こだね)で満たしてください……」

「ああ。任せてくれ」

「嬉(うれ)しい……。私の、イグザさま……あっ」

〝意思の力〟というのは存外侮(ぞんがいあなど)れないものだ。

「や、あっ♡　そ、そんなに吸われたら……あっ♡　あ、赤ちゃんの分がなくなって……あんっ♡　いいっ♡　そこいいのぉ♡」

思い込みにより純潔のまま妊娠状態のような体調変化をもたらす場合もあるという。

「も、もっと、もっと吸ってください……はあんっ♡」

ゆえに俺はマグメルを精神的に満たすため、あえて《完全受胎(ガヴリエラ)》を使わないと明言した。

俺の精力ならば、それを使わずとも一度の性交で妊娠する可能性が高いことを彼女も知っていたからだ。

もちろん《完全受胎(ガヴリエラ)》で完璧(かんぺき)に避妊はしているため、子どもができることはないのだが、マグメルは思うことだろう。

――〝自分は今確実にこの男の子を宿している〟、と。

その精神的な満足感が肉体の満足感と合わさることで、今の状況を打破することができるのではないか――そう俺は考えたのである。

「き、来て、イグザさま……。私、もう我慢ができません……」

「ああ、俺もだ、マグメル……っ」

――ぐちゅりっ。

「や、大きい……あ、だめだめだめだめだめぇっ!? い、イッちゃう!? 私、い、イッちゃうううううううううううううううううううっ!?」

ぷしゃあっ！　とマグメルの秘所から勢いよく透明な液体が噴き出す。

どうやら今まで我慢していたせいか、挿れられただけで激しく達してしまったらしい。

「い、イグザさま……はあんっ♡　や、いいっ♡　ああんっ♡」

だが俺は気にすることなくそのとろとろになっていた蜜壺を突き始める。

マグメルはこういう場合でも休むことなく責められることに快感を覚える女性だからだ。

「あんっ♡　あっ♡　あっ♡　あっ♡　やっ♡　あ、はあんっ♡」

だから俺は夜の王スキルを全開にして彼女を愛し続ける。

いつもなら後ろから激しく腰を打ちつけ、尻の一つでも叩いて彼女のマゾっ気を刺激してやるところなのだが、今日は子作り（の振り）がメインである。

「んちゅっ……れろ……ちゅるっ……あっ♡」

なので俺は前から貪るように彼女と舌を絡め、母乳を撒き散らしているおっぱいを鷲摑みしながら吸い、そして泉の如く愛蜜に溢れている蜜壺をはち切れんばかりに怒張した一物で突き続けた。

もちろんその間、マグメルは幾度も絶頂を迎え、肉体的には十分に満足していたと思う。

だが俺は絶頂を続けるマグメルとは裏腹に、未だに一度も彼女の中に精を解き放ってはいなかった。

これが子作りを模した行為である以上、存分に高めた状態で一気に解き放った方がより一層効果的だと判断していたからだ。

「イグザさま……好き、好き、イグザさまぁ……」

「ああ、俺もマグメルが好きだ……っ。愛してる……っ」

だから俺はいつも以上に強く彼女を抱き締め、その耳元で囁くように言った。

「行くぞ、マグメル……っ。俺の子を、産んでくれ……っ」

「は、はい、産みます……。ですから私の中に、イグザさまの子種を……ああっ♡　そ、そこは子宮の……や、そんな奥まで……あっ♡　あんっ♡　あっ♡　あっ♡　あっ♡　ああああああああああああああああああああああああああああっ♡」

その瞬間、俺はずぷっとさらに一物を突き入れ、マグメルのもっとも深い場所にありったけの精を注ぎ込んだ。

「あ、熱いのがいっぱい……こんな凄いの、はじめて……あぁ……だめ、出てきちゃう……」

ぶちゅり、と蜜壺の隙間から入りきらなかった白濁液が溢れてくる。

散々我慢したせいか、どうやら思った以上に精を注ぎ込んでしまったらしい。

今だ互いに抱き合ったまま、俺はマグメルに尋ねる。

「……どうだ？　身体の火照りは治まったかな……？」

「はい……。ですがどうかもう少しだけこのままで……」

「わかった……」

頷き、俺は彼女の要望通りその柔らかさに富んだ身体を抱き締め続け、キスで余韻を引き伸ばしていたのだが、

「んちゅっ……や、だめ……腰が勝手に動いちゃう……」

「ちょ、マグメル……っ!?　そ、そんなにされたら……くっ!?」

「はあんっ♡　イグザさまぁ♡　もっと突いてぇ♡　もっとぉ♡」

もう少しだけ処置の時間が長引きそうなのであった。

ちなみに皆のもとへと戻った際、マグメルが「子作りを、してしまいました……（ぽっ）」と幸せそうに言ったことで色々とわちゃわちゃした事態になったのだが、それはまた別の話である。

《聖女パーティー》エルマ視点42：確かに人は見かけによらないわ……。

「そういえば、あなたは彼に抱かれる覚悟はできたのかしら？」

妙にスッキリとした顔のイグザがオフィールたちとともにボレイオスだかのところへと向かったあとのこと。

半壊した宿の修復を手伝っていたあたしに、突如（とつじょ）ザナがそんなことを問うてきた。

「……はっ？」

当然、なんのことかと思わず目が点になるあたしだったが、ザナは不思議そうに小首を傾（かし）げて言った。

「だって次はあなたの番でしょう？　〝斧（おの）〟を浄化したら残っているのは〝剣〟だけだもの」

「い、いやいやいやいや!?　だからってなんであたしがあいつに抱かれなくちゃいけないのよ!?　浄化だけなら別に〝聖女武装（スペリオルアームズ）〟だかは必要ないはずでしょ!?」

「ええ、確かにそうなのだけれど、どのみちフィーニスさまを倒すには全員で聖女武装（スペリオルアームズ）を発動させないといけないわけだし、遅かれ早かれ抱かれるのは時間の問題よ？」

「ちょ、ちょちょちょっと待って!?　あ、あたし、それ初耳なんですけど!?」

がーんっ、とあたしがすこぶるショックを受ける中、補修用の木材を運んでいたアルカディアが「心配するな」と口元に笑みを浮かべて言った。

「あいつは優しい男だ。破瓜の痛みも即座に癒やしてくれるだろう」

「いや、そんな心配してないわよ!?　てか、なんで抱かれる前提で話が進んでるのよ!?　ちょ、ちょっと豚、あんたからもなんか言ってやんなさいよ!?」

が。


「――申し訳ございません……。私、今それどころではなく……」


ずーんっ、と絶望に打ちひしがれた顔で力なく壁の補修をする豚。

そうだったわ。

この豚、自分の理想の女性だったマグメルが目の前でイグザに抱かれて闇堕ち一歩手前みたいになってるんだったわ。

……いや、まああたしもあれに関してはなんかちょっともやっとしてるんだけど。

べ、別に嫉妬とかじゃないからね!?

「まあ落ち着け。お前だって別にイグザが嫌いなわけではないのだろう?」

「そ、そりゃ確かにそうだけど……。で、でもそういうことは文通とかデートを重ねてからするものでしょ!?」

「いや、〝文通〟ってお前……」

何よ、その若干引いたような顔は!?

あたしだって恋するお年頃なんだから、好きな人とお手紙のやり取りくらいしたいわよ!?

なんか文句でもあるわけ!? とあたしが抗議の視線をアルカディアにぶつけていると、黙々と瓦礫を片づけていたティルナが少々驚いたように言った。

「これは意外。実はエルマが一番〝うぶ〟だった」

「〝うぶ〟で悪かったわね!? しょうがないでしょ!? そういう経験が今まで一度もないんだから!?」

「わかったわかった。とりあえず落ち着け。まあ人は見かけによらんということだろう」

いや、それどういう意味よ!?

「聖女武装の反動とはいえ、お前も見ただろう? 先ほどのマグメルを。あれも一見すると清楚な修道女のように思えるが、下着は全部尻に食い込むタイプのやたらと透けているやつな上、取り込み中は無駄にケツを叩かせたりしているからな」

「そ、そうなのですか!?」

がばっと今まで呪術師みたいな顔で釘を打ちつけていた豚が突如として蘇生する。

すると、向こうの方から噂(うわさ)の尻に食い込んでる上に叩かせてる人がもの凄(すご)いスピードで駆けてきた。

「ちょ、ちょっとアルカディアさま!?」

「いや、だが事実だろう?」

「事実なのですか!?」

「ポルコさまはちょっと黙っててもらえますか……っ? 私(わたくし)、今この人とお話をしているので……っ」

そう言いながら笑顔に青筋(あおすじ)を浮かべるマグメルの威圧(いあつ)感に、さすがの豚も冷静になったようで、「は、はい……」と大人しく頷(うなず)いていたのだった。

なんでもいいけど、あたしそんなパンツ一度も穿(は)いたことないんですけど……。

てか、お尻叩かせてるってどういうこと……。

さっきもなんか本当に淫乱(いんらん)っぽいこと言ってたし、マグメルってあんな顔して意外といやらしいのねぇ……。

やだぁ……。

135章　乳無し聖女と馬の糞

フィーニスさまに黒人形(ドール)化された〝斧(おの)〟の聖者――ボレイオスを追い、俺たちは限界ぎりぎりの速度でミノタウロスの里があるという孤島(ことう)を目指して空を飛び続けていた。

シヴァさんの話だと、ミノタウロスたちは外敵の侵入を防ぐために島の地下深くに潜っているらしく、里までの道筋はまるで迷路のようになっているという。

「つーか、黒人形(ドール)化で思い出したんだけどよ。なんであのやべえ女神はデブが〝盾(たて)〟の聖者だってわかったんだ？　変化(へんげ)は解いても気配自体は隠してたはずだろ？」

「そうね。正直、豚(ぶた)さんの黒人形(ドール)化は想定外だったわ。五柱(いつはしら)の女神たちに力を与えられている以上、彼の〝盾〟の力は女神フィーニスにも有効だったはずなのだけれど……」

シヴァさんがどこか腑(ふ)に落ちなさそうな表情を見せる中、俺はオフィールに尋(たず)ねる。

「そういえば前にフィーニスさまが現れた時はどうだったんだ？　やっぱり疑(うたぐ)ってた感じなのか？」

「いや、目もくれてなかったぜ？　マジで道端(みちばた)に落ちてる馬のクソぐらい興味がなかったんじゃねえか？」

「道端に落ちてる馬のクソ……」

酷い言われようである。

だが裏を返せばそれくらいポルコさんの隠蔽術が完璧だったということだろう。

にもかかわらず、次に姿を現した時には彼を〝盾〟の聖者だと見抜いていた。

その間にあったことといえば、竜人の里に行って〝槍〟の聖者――アガルタを浄化したことくらいなはずなのだが、何か関係性でもあるのだろうか。

「そもそもどうしてフィーニスさまは俺たちの浄化を邪魔しないんだろうな。亜人を滅ぼすのが目的なら、どう考えても俺たちは邪魔なはずなんだけど……。これじゃまるで――」

「――〝意図的に黒人形を浄化させているみたいだ〟、でしょう？」

結論を持っていったシヴァさんに、俺は「ええ」と頷く。

すると、シヴァさんはオフィールに対して確認するように言った。

「確か以前女神フィーニスはこう言っていたそうね？　〝あの子のために早く七つの神器を集めてあげないといけない〟、〝聖者の持つ神器をあげないと意味がない〟って」

「ああ、言ってたぜ。だから乳無し聖女さまにはまだ神器をやれねえんだとさ」

「なるほどね」

オフィールの言葉を聞き、シヴァさんが神妙な顔をする。

なんでもいいけど、〝乳無し聖女〟はやめてやれよ。

また無言で風の防御壁を張り始めるだろ。

俺がそう思いながらオフィールに半眼を向けていると、シヴァさんが小さく嘆息して言った。

「今までの彼女の行動から推測しても、意図的に神器を浄化させているのは明白でしょうね。問題は何故そんなことをさせているのかだけれど、それに関してはさすがに情報が少なすぎるわ」

「つまり今は不本意でも彼女の思惑に従わなければならないと？」

「ええ、そうなるわね。女神フィーニスが何を考えているのかはわからないけれど、付け入る隙は必ずあるはずよ。だから今はその時のためにできることをしていきましょう」

「そうですね。わかりました」

「おう。了解だぜ」

揃って頷く俺たちに微笑んだ後、シヴァさんは遙か前方を見据えて言ったのだった。

「さて、見えてきたわ。あれがミノタウロスたちの住まう島――〝ラビュリントス〟よ」

◇

一方その頃。

「……どなたですか？」

不穏な気配に気づいたアイリスは、柱の陰に佇んでいた人物に向けて疑似聖弓を構える。

すると、全体的に生気を感じさせない白髪の女性が、ふふっと笑みを浮かべながら姿を現した。

「こんにちは……。可愛いお嬢さん……」

「……っ」

ぼそり、と呟くように喋る女性に、アイリスはなんとも言えない恐怖心を抱く。

彼女の纏う雰囲気が本能的にアイリスに訴えかけていたのだ。

――〝今すぐこの場を離れろ〟、と。

「……イグザさんのご友人、ではないようですね」

だがアイリスは恐怖を押し殺して女性に問う。

すでに退路などないということがわかっていたからだ。

「ええ……。もっと大切な関係よ……」

そう微笑む女性に、アイリスは首を横に振って言う。

「それは嘘です。あなたからはあの人の温かさをまったく感じません」

「うふふふ……」

「――っ!?」

その瞬間、女性が突如目の前に現れ、アイリスは驚愕に目を見開く。

――ばきんっ！

「なっ!?」

同時に疑似聖弓を握り潰され、堪らず後退る。

そんなアイリスに、女性はやはり微笑みを崩さず言ったのだった。

「怖がらなくてもいいのよ……？　私はただ〝あなたたち〟とお話がしたいだけなのだから……」

136章　ミノタウロスの迷宮

「はあ？　海の底を〝掘ってる〟だあ？」

意味がわからないとばかりに声を裏返らせるオフィールに、シヴァさんは「ええ」と肩を竦(すく)めて続ける。

「どうやら直接里に乗り込むつもりみたいね。むしろ水攻めでもする気なのかしら？」

「おいおい、そりゃねえだろ……。せっかく間に合ったってのによぉ……」

がっくりと肩を落とすオフィールに、俺は苦笑いを浮かべる。

彼女の言うとおり、なんとかボレイオスよりも早く島へと辿(たど)り着いた俺たちだったのだが、シヴァさんにやつが今どこにいるかを視(み)てもらったところ、まさかの掘削(くっさく)中だったのである。

確かにこれは予想外の展開だ。

「えっと、ボレイオスのやつは結構掘り進めている感じなんですかね？」

「そうね。ちょっと視界が悪くて正確には把握(はあく)できていないのだけれど、さすがは〝斧(おの)〟の聖者といったところかしら？　凄(すさ)まじいペースで掘削を続けているわ」

「なるほど。となると、遠距離から狙い撃つのも難しそうですね……」

うーん、と俺は眉根を寄せ、考えを巡らせる。

ティルナがいない以上、迂闊に水中戦を仕掛けるわけにもいかないし、そもそも水中では水属性の攻撃以外ほとんど使い物にならないからな。

掘った穴の大きさや深さを考慮しても、今からあとを追うのはさすがに悪手だろう。

「できればミノタウロスたちを巻き込みたくはなかったんだけどな……。でもこうなった以上は仕方がない。このまま地下の迷宮を抜けてミノタウロスの里に向かおう。そして彼らを地上へと逃がした後、俺とオフィールで一気にボレイオスを叩く！」

「おう、了解だぜ！」

「ええ、わかったわ」

頷く二人を連れ、俺は急ぎミノタウロスの里へと向かったのだった。

◇

「って、なんじゃこりゃあああああああああああああああああっ!?」

——ごろごろごろごろごろごろ！

女子たちを落とさぬよう両腕でしっかりと抱えつつ、俺は襲いくる大岩から逃げるべく必死に迷宮内を飛び続ける。

〝迷宮〟というくらいだからてっきり魔物ひしめく巨大な迷路状のダンジョンかと思っていたのだが、内部はまさかの超トラップ地獄であった。

恐らくはどこかに解除するための仕掛けがあるのだろうが、そんなもののありかなど当然わかるはずもなく……。

俺たち（むしろ俺）は先ほどからがっつりトラップにかかりまくっていたのである。

まあ不死身の俺がかかる分にはなんの問題もないのだが、女子たちはそういうわけにはいかないからな。

なので空中戦ばりの挙動で襲いくるトラップの数々を避け続けていたのだ。

「だっはっはっ！　なんか楽しくなってきたな！」

「いや、笑いごとじゃないんだけど!?」

「ふふ、さすがはミノタウロスね。貫通系の術式をこれだけ張るなんてやるじゃない」

「あの、感心している場合でもないです……」

冷静に周囲を観察しているシヴァさんに半眼で突っ込みを入れつつ、俺はさらに迷宮の先を目指して飛ぶ。

するとと。

「おおっと」

なんとか開けた場所に到着するも、下は底の見えない大穴になっており、俺たちを潰さんと迫ってきていた大岩がごろんっと遥か下方へと落ちていった。

もし俺に飛行能力がなかったら今頃大岩とともに大穴の底だったことだろう。

一体どれだけ侵入者を殺すことに力を入れているのか……。

「そりゃボレイオスのやつも直接乗り込もうとするわな……」

はあ……、と俺が小さく息を吐いていると、オフィールが不思議そうに言った。

「つってもあの牛のおっさんは解除の仕方を知ってんだろ？」

「ええ。もちろん知っているでしょうけど、恐らくはしばらく里に戻っていないんじゃないかしら？　その間に新しいトラップができている可能性は十分にあるでしょうし、既存のやつをいちいち解除するのも面倒でしょう？　というか、そんな知性が残っているとも思えないわ」

「はは、ちげえねえや」

オフィールがそう笑みを浮かべる中、俺たちは大穴の底へと辿り着く。

そこには先ほど落ちた大岩のほか、ご丁寧に切っ先を上にした槍がびっしりと張り巡らされていた。

なんというか、徹底してるなぁ……。

ミノタウロスたちの仕事ぶりに感服しつつ、俺はシヴァさんに尋ねる。

「それで里はどっちの方向にありますかね？」

「えっと……向こうね。大分下ってきたし、もうすぐ着くんじゃないかしら？」

「そうですか。なら――」

と。

――ずがんっ！

「「「！」」」

その時、そこそこ近い位置から衝撃音が鳴り響き、俺たちは揃って顔を見合わせる。

どうやらボレイオスのやつも近くまで来ているらしい。

「「「――」」」

それを確信した俺たちは、やはり三人揃って頷き、やつよりも早く里に到着するため、迷宮内を飛んでいったのだった。

137章　豊満なる地下の里

「こ、これは……っ!?」

そうしてミノタウロスの里へと辿り着いた俺たちは、まさかの光景に愕然としていた。


――ぼよよーんっ。


そう、ミノタウロス族の女性には巨乳しかいなかったのである。

もちろん上空から眺めているだけなので、全ての女性を確認したわけではないのだが、それでも見渡す限り巨乳爆乳のオンパレードであった。

さすがは牛の特徴を持つ亜人といったところだろうか。

実にけしからん限りである。

ただまあれだ。

エルマとポルコさんを連れてこなくて本当によかったなぁ……。

俺が内心そう胸を撫で下ろしていると、女子たちが興奮気味に言った。

「うお、すげえな。あたしよりでけえやつがごろごろいるぜ」

「驚いたわね。里の位置を知るためにちょいちょい覗いてはいたけれど、まさか幼子を除いたほぼ全員が巨乳以上だなんて思いもしなかったわ」

はえ〜、と三人揃って食い入るように里の様子を窺う。

体格も人より恵まれている分、一番豊満なオフィールですら通常の巨乳サイズに見えるくらいだ。

「って、おっぱいに気を取られてる場合じゃなかった……」

いかんいかんと俺はかぶりを振る。

なお、乳のインパクトが強すぎてまったく目に入ってこなかったが、地下の大空洞に造られたミノタウロスの里は、精巧な装飾が施されていたドワーフの里とは違い、無骨な石造りの建物群で埋め尽くされていた。

地下なのに割と明るく見えるのは、恐らくこのほのかな輝きを放つ白い岩壁のせいだろう。

「とりあえずミノタウロスたちに事情を説明して避難してもらおう。話はそれからだ」

女子たちにそう告げた後、俺は彼女たちを抱えたまま、里の広場へと降下していったのだった。

◇

「――なるほど。そなたらの話は理解した。急ぎ里の者たちに避難指示を出そう」

意外にもすんなりと頷いてくれたのは、族長だというとても胸の大きな女性だった。

腹筋もばきばきに割れており、胸のでかさもさることながら引き締まったいい体つきである。

「あ、あの！」

「うん？　なんだ？」

ともあれ、あまりにも簡単に俺たちの話を聞いてくれたので、思わず俺は尋ねてしまう。

「その、本当にいいんですか……？　まだ俺たちが味方かどうかもわからないのに……」

「ああ、確かにそうなのだが、不思議とそこの娘に同族のような親しみを覚えていてな。信じてもよいのではないかと考えた」

くいっと女性が顎で指した先にいたのは、「あん？」と不思議そうな顔をしているオフィールだった。

「ああ、なるほど……」

確かに二人とも淡褐色の肌に薄着なパワー系と、どことなく雰囲気が似ている気がする。


――たゆゆんっ。

だがたぶん一番の要因はあの大きなおっぱいだろう。

本当にエルマを連れてこなくてよかったなぁ……、と俺が色々な意味で泣きそうになっていると、族長の女性が声を張り上げて言った。

「というわけだ、皆の衆！　悔しいが今の我らでは女神フィーニスの力を得たボレイオスには敵わぬ！　よって大至急子どもらを守りつつ、地上へと退避せよ！」

『応ッッ!!』

女性の指示にミノタウロスたちが揃って頷く。

そして各々が行動を開始する中、女性が確認するように言った。

「これでよいのだな？」

「ええ、ありがとうございます。あとは俺たちに任せてください」

「ああ。では頼むぞ、人間たちよ」

そう頷き、女性もまたお連れのミノタウロスたちとともにその場を去っていく。

すると、オフィールが何やら楽しそうにこう言ってきたのだった。

「なあなあ、今度ここにあの乳無し聖女を連れてこようぜ！」

「いやいやいや……」

それはやめてあげなさいな。

138章　〝斧〟の聖女は意外と乙女

ずがんっ！　と大空洞の上部に穴が開いたのは、それから間もなくのことだった。

「――〝三皇封天の帳（トライクロスガロウズ）〟ッッ‼」

――がきんっ！

大量の海水が大空洞内部へと流れ込む中、あらかじめ予定していたとおり、シヴァさんの呼び出した三つの盾（たて）がこれを塞（せ）き止めて封じる。

「じゃああとは手はず通りに！」

「了解です！　――行くぞ、オフィール！」

「おう！」

そしてその場をシヴァさんに任せた俺たちは、邪魔だと言わんばかりに建物群を薙（な）ぎ倒していたボレイオスの前へと臨戦（りんせん）態勢で赴（おもむ）いた。

「よお。随分と雰囲気が変わったじゃねえか、おっさん。せっかくの渋い面構えが台無しだぜ？」

「グルルル……ッ」

オフィールの言葉が理解できているのか、ボレイオスが喉を鳴らす。

こっちが二人がかりである以上、てっきりもう少し様子を見るかと思いきや、

「グオアアアアアアアアアアアアアアアアアアアアアアアアアアアッッ!!」

「「!」」

やつはそのままけたたましい雄叫びを上げ、猛然と突っ込んできた。

どうやら向こうは最初からやる気満々だったらしい。

「よし、ならこっちも初っ端から全開で行くぞ！　――って、いねえ!?」

そんな中、俺は一人がーんっとショックを受ける。

見れば、先ほどまで隣にいたはずのオフィールが「おもしれえ！　かかってきやがれ！」と聖斧片手にボレイオスへと特攻しているではないか。

「いや、ちょ、ええ……」

そんな彼女の様子に思わず呆ける俺。

だがまあ確かにポルコさんの時に少しばかり身体を動かしはしたものの、今までずっと待機組だったからな。

こうして本気で暴れられる機会を心待ちにしていたのだろう。

その気持ちは大いにわかるのだが……そうならそうと先に言ってね……。

〝全開で行くぞ！〟とか、めちゃくちゃ男らしい顔で声を張り上げちゃったし……。

はあ……、と俺が小さく嘆息していると、

「おらあっ！」

「グオガッ！」

ずがんっ！　と互いの得物同士がぶつかり合い、衝撃で地面がクレーター状に陥没する。

だがやはり単純な力比べではボレイオスの方に分があるようで、

――がきんっ！

「ぐわっ⁉」

弾かれたオフィールが放物線を描きながらこちらへと飛ばされてきた。

「おっと」

なので俺はスザクフォームで宙を舞い、お姫さま抱っこの要領で彼女を受け止める。

「大丈夫か？」

「あ、ああ、わりぃ。久しぶりにあたしの領分だったもんでつい調子に乗っちまった……」

恥ずかしさからか、そう言って顔を赤らめるオフィールに、俺は「いや」と首を横に振って言った。

「気にしなくていいさ。それより君が無事でよかったよ」

「へへっ……♪」

「？」

何やら嬉しそうな様子のオフィールに、俺がどうしたのかと小首を傾げていると、周囲の建物群よりも一際高い建物の頂上で佇んでいたシヴァさんが茶化すようにこう言ってきた。

「あら、生娘でもないのにお姫さま抱っこくらいで照れてるの？　あなた、意外と乙女なのね」

「えっ？」

「う、うるせえな!?　別に照れてねえし!?　つーか、〝乙女〟とか言うんじゃねえよ!?」

真っ赤な顔でそう反論しつつ、オフィールが俺の手から離れていく。

そして彼女は赤い顔のままがしがしと頭を掻いて言った。

「あー、もうあれだ。あのババアにまたなんか言われんのもめんどくせえし、さっさと聖女武装だかを使っちまおうぜ」

「お、おう、わかった」

「ちょっと待って。誰が〝クソババア〟ですって？」

「いや、〝クソ〟とは言ってねえだろ!?」

だが当然、シヴァさんは〝ババア〟の部分に敏感に反応していたのだった。

《聖女パーティー》エルマ視点43：その気遣いはいらないわよ!?

さすがはドワーフといったところだろうか。

巨乳好きのハレンチ豚に変わりはないのだが、物作りにおいては人の比ではなく、豚はあっという間に宿の壁を塞いでしまった。

もちろん細かな装飾や塗装などはこれからだが、それも早々に終わらせると言い、「あとはこのポルコめにお任せを！」とあたしたちを下がらせた豚は、今も一人外で黙々と作業を続けている。

むしろここから先は一人の方がやりやすそうだったので、あたしたちも彼の意を汲むことにしたのだ。

なのであたしたちは休息も兼ねて順番にお風呂に入ることにしたのだが、

——ぎいっ。

「ひゃいっ!?」

ふいに部屋の扉が開き、あたしはベッド脇に座ったままびくりと肩を震わせる。

「？」

だが入ってきたのは湯上がりのザナで、些か挙動のおかしいあたしを不思議そうに見やりながらも、その艶やかな黒髪をタオルで丁寧に拭いていた。

「……はあ」

ともあれ、どうしてあたしがこんなにも緊張しているかというと、それはあの怖い女神を倒すためにはあたしもイグザの妾にならないといけないっていうか……その……え、えっちなことをしないといけないからである。

ゆえにイグザたちが帰ってきたのではないかと、先ほどから扉が開く度にびくびくしていたのだ。

確かにアルカディアにも言われたとおり、あたしはあいつのことが嫌いじゃない。

未だに色々と不快な思いをさせてしまったという負い目はあるけれど、久しぶりに会ったあいつは随分と男らしくなっていたし、ぶっちゃけあたしたちを守ろうと戦っている姿なんかは本当にかっこよかった。

このあたしが思わず見惚れちゃったくらいだもの。

だから世界のためにあたしを抱かないといけないというのであれば、あたしだって頑張って勇気を出そうとは思っている。

思ってはいるのだけれど……。

『本当にいいんだな？　エルマ』

『……うん。でも優しくしなさいよね……？』

「～っ!?」

いや、無理無理無理無理無理無理無理ぃ～!?

どんな顔してそんなこと言えばいいのよぉ～!?

恥(は)ずかしく死にそうになるに決まってるじゃない!?

ああああああああああっ!?　とあたしが頭を抱えながら悶絶(もんぜつ)していると、「大丈夫」とティルナがあたしの隣に座って言った。

「わたしも同じ悩みを抱えていたから」

「ティルナ……」

そうよね……。

とくにあんたは見た目と年齢のギャップもあるし、一番悩んだわよね……。

ティルナの言葉にあたしが勇気をもらっていると、彼女は何やら小さな袋を差し出して言った。

「だからあなたにはこれを使ってほしい。わたしはまだ使ったことがないけれど、これがあればきっと自信が出るはずだから」

「ティルナ……。あんた、本当にいい子ね……」

ぐすっと思わず涙ぐみそうになりながらも、あたしはさっそく袋の紐を解く。

そうして袋の中から姿を現したのは、

――透け透けTバックのどぎつい下着だった。


「……」

「……」

――ぐっ。

「いや、〝ぐっ〟じゃないわよ!?　何をどや顔で親指立ててくれちゃってんのよ!?」

「でもそれがあればお色気もばっちり。きっと困ってるだろうと思ってマグメルにお願いした」

「ねえ、ちょっとティルナ？　〝余計なお世話〟って知ってる？」

「頑張って、エルマ。わたしはあなたの味方。成功を祈ってる」

――ぐっ。

いや、だから〝ぐっ〟じゃないわよ!?

あんたに心配されなくともお色気くらいむんむんだってーの!?

139章　やっぱり脳筋は気持ちがいい

オフィールにババア呼ばわりされているシヴァさんが、不老とはいえ、もうすぐ28度目の誕生日を迎えようとしていることはさておき。

「――〝聖女武装(スペリオルアームズ)《冥斧(めいふ)》〟ッッ!!」

どぱんっ！　と聖女武装(スペリオルアームズ)を発動させた俺たちに対抗するかのように、ボレイオスもまた幻想形態へと進化する。

「グオアアアアアアアアアアアアアアアアアアアアアアアアアアアアアアアアアアアッッ!!」

「「！」」

――ずずんっ！

それはとにかく大きく、そしてとても力強い進化だった。

身長は10倍近くまで肥大(ひだい)化し、身体中が比喩(ひゆ)なしで鋼(はがね)のような筋肉に覆(おお)われている上、さらには──。

「ガアアアアアアアアアアアアアアアアアアアアアアアアアアアアッッ!!」

──ぴしゃーんっ！

「「──なっ!?」」

雷すらもその身に纏い始めたではないか。

まさに攻防一体。

これはなかなか骨が折れそうな相手である。

でもな！　と俺たちは神々しい輝きの戦斧を大きく振り回して構えた。

「今の俺たちに打ち砕けないものはない！」

「おうさ！　このクソ漲る力で一発かましてやろうぜ！」

「応ッ！」

吼えるように頷き、俺たちは雷の巨人と化したボレイオスへと特攻する。

「ウグオアアアアアアアアアアアアアアアアアアアアアアアアアッッ!!」

──ずがあああああああああああああああああんっ！

すると、ボレイオスが凄まじい勢いで神器を地面に叩きつけ、衝撃波が斬撃となって一直線にこちらへと向かってきた。

「「しゃらくせえッッ!!」」

——どぱんっ！

それを真正面からぶち破った俺たちは、そのままボレイオスへと肉薄する。

確かに触れれば感電するであろう雷の鎧を纏ってはいるが、そんなものは俺たちにとってなんの関係もなかった。

「「おらあああああああああああああああああああッッ!!」」

がきんっ！　と全力で振りかぶった一撃がボレイオスの頰を横からぶっ叩く。

「グゲアアアアアアアアアアアアアアアアアアアアアアアアッッ!?」

——ずずんっ！

衝撃で地面へと倒れ込んだボレイオスに、オフィールが「くぅ〜！」と歓喜の声を上げた。

なお、俺たちの身体はしゅ〜と湯気を上げながら再生中だ。

「堪んねえな、おい！　やっぱ戦いはこうじゃねえとな！」

「はは、そうだな。今なら君の気持ちがわかる気がするよ。確かにこれはなかなか気持ちのいいもんだ」

「だろ？　ちまちま避けんのも別に悪かぁねえさ。けどな、あたしはこういう肉を切らせて骨を断つ戦い方が好きなんだ。なんか〝生きてる〟って感じがするだろ？」

「ああ。とくに俺は不死身だからな。一体化している以上、無茶の幅も無限大だ」

「おうよ！　だからあたしは今楽しくて仕方がねえ！　やっぱりあんたは最高の旦那だぜ、イグザ！」

「はは、ありがとな。君も最高の嫁だよ、オフィール」

幽体化しているオフィールの言葉にそう応じ相好を崩しながら、俺たちは再び上体を起こしつつあったボレイオスへと視線を向けたのだった。

一方その頃。

「――〝閃吼十字斬〟ッッ!!」

ざんっ！　と光属性の高位武技で攻撃を仕掛けている一人の男性がいた。

二十代半ばくらいの精悍な顔立ちをした男性だ。

彼は《剣鬼》のスキルを持つ冒険者で、光属性の剣技を得意としていることから〝光の英雄〟の異名を誇っていた。

《剣鬼》は《剣聖》の一つ下のスキルであり、通常のスキルの中ではもっとも剣術に長けたスキルだった。

男性にはパーティーを組んでいる仲間たちもおり、彼が一撃を放つにあたって最大限の補助術技をかけたりもした。

にもかかわらず、

「——無駄よ……。それじゃ私を傷つけられないわ……」

〝彼女〟にはまったく通じなかった。

ただかざしただけの手に、このパーティー最大級とも言える一撃が難なく受け止められたのである。

ゆえに男性は武器を下ろし、〝彼女〟に問うた。

「……あなたの目的は一体なんだ？　何故僕たちを襲う？」

すると、〝彼女〟はその血色の悪い顔を大きく歪め、男性を指差してこう告げたのだった。

「あなたの力と身体をちょうだい……。私ね、それが今とっても欲しいの……」

140章　武人の矜持

「「――〝《神纏（グランド）》壊断裂砕破（ヘルディストラクション）〟ッッ!!」」

――ずぐしゃああああああああああああああああああああっ！

「ギギャアアアアアアアアアアアアアアアアアアアアアアアアアアッッ!?」

防御（ぼうぎょ）貫通の超強力な斬撃（ざんげき）がボレイオスの胸元に深く刻（きざ）み込まれる。

本来ならばその強固な胴ごと真っ二つに分断しているところなのだが、さすがはフィーニスさまに黒人形（ドール）化された聖者といったところだろうか。

かなりの深手（ふかで）を与えはしたものの、未（いま）だ戦闘続行の意思を見せ続けていた。

まあ恐らくは耐えるだろうと思ってぶちかましたので、こちらとしても予想通りなのだが。

「やっぱ図体（ずうたい）がでけえと攻撃も通りづれえなぁ」

「でも今のは結構効（き）いたみたいだぞ。ほら、その証拠に足が止まってるしな」

俺の言葉通り、ボレイオスは「グググ……ッ」と砕（くだ）かれた胸元を押さえながらこちらを睨（にら）みつけていた。

確かに図体がでかければでかいほど攻撃も通りづらくはなる。

だが同時に的もでかくなる分、攻撃を当てやすくなるのも事実だ。

そしてそれがわかっていたからこそ、ボレイオスは雷の鎧を纏ったのだろうが、あいにくとこっちは不死身の上に脳筋だからな。

悪いがあんたの戦法は端から意味がないんだよ。

「さて、おっさんの勢いも大分削がれちまったようだし、このままだとオフィールちゃんたちの独壇場になっちまうぜ？」

「グ、ガ……ッ」

オフィールの挑発に悔しそうな表情を見せるボレイオスだったのだが、

「……ギ、ガガ……グ、ガアアアアアアアアアアアアアアアアアアアアアアアアアアッッ!!」

——ぶおうっ！

「「——っ!?」」

先ほど雷を纏った時と同様、天を仰ぎながら雄叫びを上げた瞬間、やつの身体が黒いオーラのようなものに包まれる。

また新しい防御術だろうかと揃って警戒していると、目を疑うようなことが起こった。

「お、おい⁉　おっさんが縮んでいくぞ⁉」

そう、ボレイオスの身体がみるみる縮み始めたのだ。

まさか先ほどのダメージで幻想形態を維持できなくなったのだろうか。

「とりあえず俺たちも降りてみよう。もしかしたらこのまま浄化できるかもしれないしな」

「ちょ、マジかよ⁉　あたしはまだ全然暴れ足りねえぞ⁉」

不満げな様子のオフィールを宥めつつ、俺たちは地上へと降り立つ。

ボレイオスはほぼ元のサイズまで戻りつつあり、未だに黒いオーラが身体の周りを渦巻いていたのだが、

――ばしゅうっ！


「「！」」

唐突にそれが弾け飛び、身体こそ漆黒の装甲に覆われてはいるものの、顔はボレイオス本来の容姿が剥き出しになっていた。

そしてやつは厳かに閉じていた瞳を開けて言う。

「……久しいな、聖女オフィール。そして救世主よ」

「「――っ!?」」

その言葉に、俺たちは揃って目を見開く。

見た感じ、完全に正気を取り戻しているようにも思えるのだが、まさかフィーニスさまの呪縛を自ら破ったというのだろうか。

「お、おい、おっさん!? おめえ、普通に意識があんのかよ!?」

驚いたように問うオフィールに、ボレイオスは「ああ、そうだ」と頷いて言った。

「女神フィーニスによる神器の浸食を受けた際、我は完全に乗っ取られる前に自ら自我を封じた。そして貴様らの攻撃によって隙の生まれた仮初めの人格を、今まで溜め込んだ力で一気に塗り替えたというわけだ」

「お、おう、そうか……。よくわかんねえけど、おっさんの根性が勝ったってことだな?」

「まあそういうことだ。だが身体の方は完全に浸食されてしまった。これは貴様らの〝浄化〟とやらを受けぬ限り元には戻らぬだろう」

「なら――」

と、俺が浄化を提案しようとした瞬間。

――ぶおんっ!

「「ぐっ⁉」」

突如ボレイオスが神器を大きく振り回し、俺たちを衝撃波が襲う。

一体何をするのかと眉根を寄せる俺たちに、ボレイオスは神器を構えながらこう告げてきた。

「勘違いするな、救世主。我は今のこの肉体を気に入っている。我が力を最大限に引き出せるこの異形の姿をな」

「なんだと……？」

「そして目の前には地上最強の男と、姿は見えずともそれを最強たらしめている聖女がいる。ならば我のとるべき道は一つしかあるまい」

じゃきっと神器を握り直すボレイオスに、堪らずオフィールが笑い声を上げた。

「はっ、いいじゃねえか、イグザ！　要はさっきの続きをしようってこった！　わざわざ正気を取り戻してまであたしたちの前に立ったんだ！　断る理由なんざなんもありゃしねえよ！」

とても嬉しそうにそう声を張り上げるオフィールに、俺も仕方ないと口元を和らげて言ったのだった。

「……わかったよ。なら今度こそぐうの音も出ないほどに叩き潰すぞ！」

「おうよ！」

大きく頷くオフィールとともに、俺たちはボレイオスとの最終決戦に臨んだのだった。

141章 二度は負けさせない

黒人形化を克服したボレイオスは、まさに鬼神の如き強さを誇っていた。

「ぬおああああああああああああああああああッッ!!」

――ずがああああああああああああああああんっ!

「「ぐうっ!?」」

力任せに振り下ろした一撃は巨人状態の時とほぼ同等――しかも人の身に戻ったことで速さだけが格段に増しており、避けたかと思いきや即座に二撃目三撃目が飛んでくる始末だ。

おかげで里はほぼ壊滅状態であり、攻撃の余波を必死に避けていたシヴァさんも、「いい加減にしないと全員まとめて海の底に沈めるわよ!?」と額に青筋を浮かべていた。

「どうした? 避けるばかりでは我には勝てぬぞ?」

ボレイオスが相変わらず厳かな顔つきでそう挑発してくる。

もちろん俺たちだってこのまま回避に徹するつもりはない。

「はっ、てめえの力がどんなもんか確かめてたんだよ」

そう、オフィールの言うとおり、俺たちは黒人形(ドール)化を克服したボレイオスの力を見極(みきわ)めていたのだ。

「ほう？　それは殊勝(しゅしょう)なことだ。で、何か成果はあったのか？」

「おうよ。相変わらず馬鹿(ばか)みてえに力が強(つえ)え上に動きも無駄に速え。ついでに言うなら顔も怖えの三冠王だぜ」

「クックックッ、貴様は相変わらず面白(おもしろ)い女だな、聖女オフィール。救世主の女でなければ我がものにしたかったくらいだぞ」

「はっ、そいつは嬉(うれ)しいねえ。あたしもあんたみてえに強え男は嫌いじゃねえ。でもやっぱりダメだ。何せ、あんたより強え男が今ここにいて、あたしを優しく包み込んでくれてんだからな。そしてあたしはそいつにぞっこんだ。つーわけでわりいけど諦(あきら)めてくんな」

オフィールがそう返して肩を竦(すく)めると、ボレイオスはにやりと口元に笑みを浮かべて言った。

「いいだろう。ならば貴様の言う強き男――このボレイオスが打ち倒してくれるわッ！」

どぱんっ！　と大地を蹴(け)り、ボレイオスが特攻してくる。

その速度は〝雷〟の力を得た俺たち並みで、次の瞬間にはすでに眼前へと迫っていた。

「――〝《神纏(グランド)》滅閃轟雷撃(トールクラッシャー)〟あああああああああああああああッッ!!」

——ぶおんっ！

ボレイオスが両腕で神器（じんぎ）を振り上げる。

紛（まが）う方なき全霊の一撃だ。

もしこれを俺たちが避けたならば、その衝撃でこの大空洞は瞬（またた）く間に崩壊（ほうかい）することだろう。

ゆえに俺たちは真正面からこれを迎え撃った。


「「——〝《神纏（グランド）》風絶轟円衝（テンペストブレイク）〟ッッ!!」」


暴風を身につけ、限界まで身体（からだ）を捻（ひね）った横薙（よこな）ぎの一撃だ。

以前、オフィールは単身この武技（ぶぎ）でボレイオスに戦いを挑み、やつの力技（ちからわざ）に押し負けている。

その武技でこうして再び全力のボレイオスを迎え撃つことになろうとは、これもまた運命だろうか。

通常であれば、ただの力技に押し負けたものが武技として放たれた一撃に敵（かな）うはずはない。

だがあの時とは何もかもが違う。

さらなる女神さまの力も得たし、聖女武装（スペリオルアームズ）も発動済みだ。

そして何より——。

「今ここには〝俺〟がいるッ！」

ずがあああああああああんっ！　と互いの得物同士がぶつかり合い、衝撃で周囲の瓦礫が枯れ葉のように宙を舞う。

「「おるあああああああああああああああああああああああああああああああああッッ!!」」

シヴァさんが何かしらの防御壁を張ってくれていることを信じ、俺たちは全力で踏ん張り続ける。

「ぬああああああああああああああああああああああああああああああああああああッッ!!」

それはボレイオスも同じで、やつも全身の筋繊維をぶちぶち言わせながら、俺たちを打ち砕くべく雄叫びを上げていた。

その最中のことだ。

——べきっ！

「——っ!?」

凄まじい衝撃と閃光が辺りを目映く照らす中、ボレイオスの持つ神器の刃に亀裂が走る。

「まだあああああああああああああああああああああああああああああああああああッッ!!」

だがボレイオスはさらに力を込め、限界を超えたやつ自身の身体も徐々に砕け散っていく。

たとえ〝もうやめろ〟と告げたところでボレイオスは退かないだろう。

ならば俺たちにできることはただ一つしかない。

「うおあああああああああああああああああああああああああああッッ!!」

そう、全力でやつを叩き潰すことだ。


――ばきんっ！


「――なっ!?」

その瞬間、ボレイオスの神器が粉々に砕け散る。

当然、無防備になったやつに俺たちの一撃を防ぐことはできず――。


「……終わりだぜ、おっさん」

――ずしゃあっ！


「がはあっ!?」

その巨体に聖斧が深々と食い込んだのだった。

142章　決着と復興

「……見事だ、救世主。そして聖女オフィールよ……」

地面に力なく横たわり、ぼろぼろと身体を風化させながらボレイオスが笑みを浮かべる。

その顔は実に満足げで、なんの未練も残ってはいなそうだった。

通常なら黒人形化された人物が死んでいない場合、浄化によって元に戻ることができるはずなのだが、どうやらこれを克服すると浄化しても元には戻れないらしい。

フィーニスさまの意思に背いた報いなのか、なんとも救われない結末だ。

だがきっとボレイオスもシャンガルラ同様、蘇生は望まないだろう。

ゆえに俺たちは揃って地に片膝を突き、彼の最期を見届けていた。

「おめえも相当強かったぜ？　おっさん。まあうちの旦那ほどじゃねえけどな」

「ふ、そうか……。確かに貴様の男は強かった……。聖女を己が力にするなど、まさに救世主にしかできぬ奇跡だ……」

「いや、俺だけの力じゃないさ。聖女武装は互いの心が通じ合っていてはじめて発動できる代物だからな。褒めるならオフィールを褒めてやってくれ」

「おうよ！　あたしは褒められて伸びるタイプだぜ！」

にっと歯を見せて笑うオフィールを微笑ましく思いつつ、俺は「それに」と続ける。

「〝奇跡〟だって言うのなら、それはむしろあんたの方だろ？　何せ、あんたは聖者たちの中で唯一黒人形化を克服したんだからな。創世の女神の片割れ――〝終焉の女神〟フィーニスの力をあんたは打ち破ったんだ」

「……そう、だな。我が意思は、神にすら一矢報いることが、できた……。せいぜいあの世で、シャンガルラのやつに……語り、聞かせて……やろ、う……ぞ……」

ふっと笑みを浮かべながら、ボレイオスの身体が塵となって風にさらわれていく。

「「……」」

その様子をきちんと見届けた俺たちは、黒人形化の解除によって元の状態に復元された神器を聖斧で浄化した後、今だ水を塞き止め続けてくれているシヴァさんのもとへと急ぎ向かっていったのだった。

そうして族長の女性に状況の説明をしつつ、ボレイオスの掘り進めてきた穴を海側から塞い

だ俺たちだったが、ここでとある問題に直面することになった。

そう、ほぼ壊滅状態となったミノタウロスの里の復興にポルコさんを招喚するか否かである。

いや、普通に考えれば呼ぶに越したことはないのだが、あの人、〝超〟がつくほどの巨乳好きだからな……。

〝巨乳の楽園〟とも言うべきこのミノタウロスの里に呼んでいいものか――その判断に迷っていたのだ。

「まあ別にいいんじゃないかしら？　確かに一抹の不安はあるけれど、大好きなおっぱいがたくさんあるのだもの。ちょっと餌をぶら下げてやれば死に物狂いで頑張るでしょう？」

「だな。あのデブ、乳のことになると目の色変わりやがるからな。ドM女にぞっこんかと思いきや、あたしたちのことも舐めるように見てやがったし」

それは初耳である。

ちょっとあとで話をしようか、ポルコさん。

「まあでも確かにここの復興にはポルコさんの――〝ドワーフ〟の力が必要不可欠だし、彼に頼むしか……って、うん？」

そこで俺はふと考える。

別にドワーフであればポルコさんでなくともよいのではなかろうか、と。

得意分野ではないかもしれないが、〝稀代の天才〟の異名を誇るナザリィさんなら安心してお任せできるし、何より彼女は〝女性〟である。

　であればおっぱいに固執することもないだろうし、皆さんにご迷惑をかけることもないはずだ。

　うん、いいかもしれない。

　というわけで、俺はポルコさんの代わりにナザリィさんを呼ぶのはどうかと提案してみたのだが、

「――いや、あいつ乳ねえけど大丈夫か？」

「……」

　とんでもない事実を忘れていたことに気づき、「そうだった……」と思わず頭を抱えたのであった。

《聖女パーティー》エルマ視点44：盗み聞き禁止ー！

「――きゃっ⁉」

ミノタウロスの里から帰還して早々、イグザに押し倒されたあたしは、潤んだ瞳で彼を見つめる。

その顔はいつになく真剣で、口にせずともあたしを求めているのがわかった。

このままあたしが何も言わなければ、あたしは彼に抱かれてしまうことだろう。

だがあたしにはそういった経験が一切ない。

不安もあるし、恐怖もある。

「お願い……シャワーを浴びさせて……」

だからせめて少しだけ時間がほしいと懇願するが、こんな極上の肉体が目の前にあるのだ。

当然、健康な男子に我慢などできるはずもなく……。

「エルマ！」

「だ、ダメぇ⁉」

強引にあたしに覆い被さり、その手があたしの胸に触れ――。

――すかっ。

「……？」

――すかすかっ。

「？？？」

何故か胸の手前で虚空をにぎにぎしているイグザに、あたしは何をしているのかと小首を傾げる。

すると、イグザがすっとあたしから身体を離して言った。

「ごめん。俺、巨乳が好きなんだ」

「えっ？」

「だから君のことは抱けない。それじゃ」

「ちょ、ちょっと待って!?　これはまだ成長途中なの!?　これからぼいんぼいんになるんだってば!?」

それに、とあたしは去っていくイグザの背に手を伸ばしながら、精一杯声を張り上げて訴えたのだった。

「ティルナだって貧乳じゃなーい!?」

◇

がばっとベッドから飛び起きたあたしは、肩で大きく息をしながら呼吸を整える。

「って、夢か……。よかった……」

と。

「全然よくない。というか、わたしは貧乳じゃない」

「げっ!?」

出窓の床板に腰かけて半眼を向けてくるティルナに、あたしはぎょっと両目を見開く。

「てぃ、ティルナ!? あ、あんた、起きてたの!?」

あたしが驚いたようにそう言うと、ティルナは相変わらず半眼のまま「もちろん」と頷いて言った。

「今はわたしが見張り番。起きていて当然」

「そ、そう……。それはご苦労さま……」

それじゃ……、と再び横になろうとするあたしに、やはりティルナは半眼でこう言ってきた。

「一応言っておくけど、たぶんこれからぼいんぼいんになることはないと思う」

「……ぷっ」

「ちょっと今笑ったの誰よ!? てか、あんたでしょアルカディア!?」

毛布にくるまり、壁際に立て膝で就寝していたアルカディアをこれでもかと指差す。

あたしはティルナと、マグメルはザナとベッドを共有していたため、アルカディアは床で寝ていたのだ。

なお、豚は隣の部屋に隔離済みだ。

「いや、すまんすまん。お前の寝言がなかなかに面白くてな。ぼいんぼいんにしてもそうなのだが、よもやあんな口調で〝シャワーを浴びたい〟などと――」

「ぎゃーっ!?」

思わず絶叫するあたし。

〝あんな口調〟って絶対そういう口調じゃないのよーっ!?

ひぎぃっ!?　とあたしが一人頭を抱えながら悶絶していると、

「まあいいじゃない。はじめてなんてそんなものでしょう?」

「そうですよ。可愛らしくていいじゃないですか」

――ぎぃっ。

「確かに。年頃の女性らしくて実にいい感じだとおぶわっ!?」

次々に皆が起き上がり始めた上、神妙な顔の豚まで現れ、あたしは高速で枕を投げつけてやったのだった。

てか、なんで全員起きてるのよおおおおおおおおおっ!?

143章　ドワーフの真実

「いーやーじゃー!?」

工房の柱にしがみつき、ミノタウロスの住む孤島（ことう）――ラビュリントスへの同行を断固拒否しているのは、もちろんナザリィさんである。

俺たちの装備を作ってくれた時は、胸に関してとくに何も言ってなかったので、もしかしたら大丈夫なのではなかろうかと一応ドワーフの里に寄ってみたところ、このような状況になってしまったのだ。

「いや、そんな泣くほど嫌がらなくとも……」

「普通に泣くわ!?　おぬしらは知らんじゃろうが、わしらドワーフにだって胸の格差社会があるのじゃぞ!?　そしてわしはこれでも巨乳の部類なのじゃ!?」

「えっ……」

「〝えっ……〟じゃないわい!?　おぬし、今絶対〝その胸で……?〟とか思ったじゃろ!?」

「い、いえ、そんなことは……」

ちょっと思ってしまったなんて口が裂けても言えない……。

てか、ドワーフは痩せている方が魅力的みたいな感じじゃなかったのか……。

俺が気まずそうに視線を逸らしていると、ナザリィさんが「大体！」と女子たちを指差して言った。

「そんなわしの説得にそやつらを連れてくるとは一体どういう了見じゃ!? 嫌がらせか!? 嫌がらせなんじゃろ!?」

「ち、違いますよ!? さっきも言ったように、彼女たちが同行しているのは黒人形化された〝斧〟の聖者を止めるためであって……」

「とにかくわしは嫌じゃ!? そんな乳だらけの島になんぞ行った日には、ストレスでせっかくの巨乳が萎むじゃろうが!?」

「わ、わかりましたからとりあえず落ち着いてください!?」

どうどうとナザリィさんを宥めつつ、俺は「参ったな……」と頭を掻く。

「まさかこんなにも拒否反応を示されるとは思わなかった……」

「そうね。豚さんのせいでややこしいことになっていたけれど、どうやらドワーフは種族の特性上身体があまり大きくならないだけであって、美の基準なんかは人とほぼ変わらないということみたいね」

「そうなのか？　でもあのデブはドワーフの中じゃイケメンだって言ってたぞ？」

「それに関しては直接彼女に聞いた方が早いと思うわ。——ねえ、ナザリィさん」

「……うん？　なんじゃ？」

シヴァさんの呼びかけに、相変わらず柱にしがみついていたナザリィさんが警戒気味に振り返る。

そんな彼女に、シヴァさんはこう問いかけた。

「あなた、〝パング〟というドワーフを知っているかしら？」

ちなみに〝パング〟というのはポルコさんの本名である。

「パング？　あのデブならわしの昔馴染みじゃが……」

いや、普通にデブ言われてるし……。

イケメンじゃねえじゃねえか……。

思わず頭痛がしそうになる俺だったが、確か彼が聖者なのは一部のドワーフしか知らないはずなので、俺たちはそれをナザリィさんに説明する。

すると、彼女は信じられないといった表情で声を張り上げた。

「あのデブが〝盾〟の聖者じゃと!?　いや、そんなことよりあやつがドワーフのイケメンとは一体どういうことじゃ!?」

え、そっちに驚くの!?

俺が微妙にショックを受ける中、オフィールが頷いて言う。

「おう、そう言ってたぜ。ドワーフの中じゃより体格のいいやつがイケメンなんだとよ」

「より体格のいいやつって……。あー、そういうことかー……」

何やら納得したようにナザリィさんが顔を伏せる。

そして彼女はぽつりと呟くように事情を話し始めてくれた。

「あのな、わしらドワーフの男は別段太っておるわけではないのじゃ。小柄ゆえに太っておるように見えるのじゃが、実際には筋肉の塊なのじゃ。そりゃ毎日槌を振るっておるのじゃから当然じゃろうて」

「えっと、つまりポルコさんの言う〝より体格のいい男〟ってのは……」

「うむ。〝筋骨隆々で逞しい男〟のことじゃ。あやつは思いっきり勘違いしとるようじゃがのう。ゆえにその点で言うならパングのやつはあれじゃ。イケメンどころかただのクソデブじゃ」

「「「……」」」

ただのクソデブぅ……。

衝撃の事実に、俺たちは揃って顔を引き攣らせていたのだった。

144章　女神の消失

「げえっ⁉　な、ナザリィ⁉　な、何故あなたがここにいるんですか⁉」

翌朝。

エストナへと戻ってきた俺たちに、開口一番ポルコさんが驚愕の表情で声を張り上げる。

すると、ナザリィさんが不機嫌そうに腕を組んで言った。

「決まっておろう？　おぬしが自分をドワーフ基準のイケメンじゃとのたまっとるからじゃ」

「そ、それのどこが悪いと言うのですか⁉　確かに人の基準だと多少ぽっちゃりしているみたいですが、でも私は正真正銘イケメンです！　ナザリィだって私に壁ドンされたらイチコロでしょう⁉」

「んなわけあるか⁉」

「ひいっ⁉」

「万が一にもわしにそんな馬鹿げたことをしてきた日には、全力でおぬしの股間を蹴り上げてやるから覚悟しとけい、この阿呆めがっ！」

「あわわわわ……っ!?」

　がくがくぶるぶる、と内股でショックを受けるポルコさんに嘆息しつつ、ナザリィさんはここに来た本当の理由を説明する。

「ともあれ、話は全部イグザたちから聞かせてもらったわい。まさかおぬしが〝盾〟の聖者じゃったとは思いもせんかったが……まあその話はよいわ。とにかく今はミノタウロスたちの里を復興させるのが先決じゃ。乳のでかい女しかおらん島じゃというから死んでも行かんと心に決めておったのじゃが……」

「え、お胸の大きな女性しかいない島!?　ど、どこにあるのですかその楽園は!?」

「……と、まあこのスケベデブだけに任せておったらドワーフの沽券に関わってくるからのう。非常に不本意じゃがわしも同行することにしたわけじゃ」

「なるほど。それは確かに賢明な判断だったわね」

　ザナが若干、哀れみを込めた表情で頷いていると、ナザリィさんがエルマを見やって言った。

「そしておぬしがイグザの昔馴染みじゃという〝剣〟の聖女じゃな？　わしはドワーフのナザリィじゃ。よろしくのう」

「ええ、よろしく」

　にぎにぎと互いに握手を交わす中、ナザリィさんは「ほれ、おぬしもこっちに来るのじゃ」とティルナを呼び寄せ、三人で輪を作る。

そして彼女は若干涙ぐんだ様子で、残りの二人に向けてこう言ったのだった。

「わしはこれから死地へと旅立たねばならん。じゃがおぬしらも決して負けるでないぞ。最終的に勝つのは我ら〝持たざる者〟なのじゃからな！」

「「？」」

だが当然、二人にはナザリィさんが何を言っているのか、まったく理解できていないようなのであった。

ナザリィさんのご厚意でシヴァさんとエルマの装備を新調してもらえることになった俺たちは、先に全員でドワーフの里へ向かおうとしていた。

だがその前にフルガさまに一言伝えるべく、彼女の住まうという霊峰ファルガラの神殿を訪れていたのだが、

「これは一体……」

そこにフルガさまの姿はなく、それどころか神殿内の大広間は何か戦闘でもあったのか、めちゃくちゃに破壊されていた。

しかも。

「これらの血痕はまだ新しいように思えます。恐らくは数日ほどしか経っていないのではないかと……」

マグメルの言うように、床にはそこかしこに乾いた血の跡がくっきりと残っていた。

まさかフルガさまの身に何かあったのではと俺たちが顔を曇らせていると、ポルコさんが神妙な面持ちで血痕を撫で、それをすんすんと嗅いで言った。

「むむっ!? この野性的な香りはあの女神さまのものに間違いありませんぞ!」

「「「「「「「……」」」」」」」

いやいやいや……。

仮にそうだったとしてもなんで匂いでわかるんだよ……。

当然、揃ってどん引きする俺たちだったが、改めて考えてみるとフルガさまは〝巨乳〟である。

である以上、まんざら彼の言うことも間違ってはいないのではなかろうか。

というより、もう突っ込むのが面倒なのでその線で行こう的な雰囲気に皆もなってるっていう……。

「だがあのフルガさまをどうにかできる者などそうはいないはずだ。むしろ現状ではイグザかほかの女神たちくらいしかいないだろう。――おい、肉の者。ほかの血痕から別の女の匂いはするか?」

「いえ、フルガさまの匂い以外しません！」

しゅばっとポルコさんが軽快に返答する。

それを聞いたアルカは「ふむ……」と何やら考え込んでいるようだった。

てか、普通に犬みたいに扱われてるな、ポルコさん……。

しかも〝肉の者〟とか呼ばれてたし……。

そしてそんなポルコさんの様子に、「あれ、一応わしの昔馴染みなんじゃよな……」と黄昏(たそが)れたような表情をするナザリィさんなのであった。

145章　終焉の女神と三柱の女神

「ともあれ、現状から察するに、十中八九フィーニスさまの仕業と見ていいだろう。どういう意図があるのかはわからないが、彼女はフルガさまを襲い、そしてともに姿を消した。となれば、ほかの女神たちの安否も気になるところだ」

アルカに視線を向けられたシヴァさんが、その不思議な虹彩の瞳で虚空を見やる。

そして「……ダメね」と肩を竦めながら言った。

「一通り女神の居場所を覗いてはみたけれど、どこも黒いもやがかかっていて何も視えないわ。どうやら女神フィーニスが妨害しているみたい」

「けっ、相変わらず陰湿な女神さまだぜ。なら直接行って確かめるしかねえみてえだな」

「ああ。幸い、テラさまの世界樹はドワーフの里から近い位置にあるし、一度里に寄って皆を降ろしてから俺が即行で様子を見に行ってみるよ」

そう頷いた後、俺はヒノカミフォームに皆を乗せ、フルガさまの神殿をあとにしたのだった。

◇

一方その頃。

砂漠地帯にある砂嵐の防壁を難なく突破している人物がいた。

そう、女神フィーニスである。

もちろん目的はこの先の神殿にいる〝風〟の女神――トゥルボーだった。

フルガ、テラと女神を取り込んできたフィーニスは、次の狙いを彼女に定めていたのだ。

が。

「あら……？」

そこでフィーニスは小首を傾げる。

何故なら彼女の前に三つの人影が佇んでいたからだ。

「久しい……いや、この姿で会うのははじめてだったな、女神フィーニス」

そう腰に手をあてながら言うのは、黒い装束に身を包んだ黒髪の女性。

〝風〟と〝死〟を司る女神――トゥルボーである。

「ええ、そうね……。そしてあなたたちは……」

トゥルボー同様、はじめて会う者たちだったが、フィーニスは一目でそれが彼女と同質のものであることがわかった。

ゆえにフィーニスはその口元に笑みを浮かべて言う。

「イグニフェルと、シヌスね……？」

いずれ取り込もうと考えていた〝火〟の女神と〝水〟の女神である。

結界のせいで上手く気配が読み取れていなかったが、まさか残りの三柱が集結していようとは……。

喜びを抑えきれないフィーニスに、「然り」とイグニフェルが頷いて言った。

「よくも我が半身たちを取り込んでくれたものよな、終焉の女神。なにゆえにそのような愚行に走ったのかは知らぬが、おいそれとくれてやれるようなものではない。この場でやつらを返してもらうぞ」

「それはダメ……。だって彼女たちの力がないと私は赤ちゃんが産めないもの……」

首を横に振るフィーニスに、女神たちが揃って眉根を寄せる。

そして三叉槍を手にしていた女神——シヌスが訝しげに問うた。

なお、普段の彼女は現在よりも数倍ほど大きな体躯をしているのだが、今は力を凝縮しているらしく、残りの女神たちと同等のサイズ感になっていた。

「あなたは本気でその身に子を宿すおつもりですか？」

「ええ、もちろん……。そして子どもたちと平和に暮らすの……」

「……その平和を築くのに他者の平和が蔑ろにされてもよいと？」

「それは知らないわ……。だって最初に蔑ろにされたのは私たちだもの……。そうよね……？　オルゴー……」

「「「……」」」

口を噤んでしまった女神たちにふふっと笑みを浮かべつつ、フィーニスは告げたのだった。

「さあ、お遊戯を始めましょう……。楽しい楽しいお遊戯を……」

そうしてドワーフの里へと辿り着いた後、俺は当初の予定通りスザクフォームでテラさまのもとへと最短で向かおうとしていたのだが、

「さすがに一人では危険。だから一番小柄なわたしがついていく。強くぎゅってしてくれれば飛ぶスピードも落とさなくて済むから安心」

とティルナが言い出したのをきっかけに、女子たちの間で論争が巻き起こっていた。

というのも、その理屈ならば聖女武装でエルマ以外誰でも行けるようになってしまうからだ。

しかもスザクフォームよりも速いので、むしろ誰かを連れていった方がいいくらいの話になってしまうのである。

ゆえに現在進行形で女子たちが自分の相応しさをアピールしまくっているのだが、こうしている間にさっさと俺一人で行った方が早かったんじゃないかなぁ……。

そう思い俺が黄昏(たそが)れたような顔をしていると、俺の取り合いを目(ま)の当たりにすることになっていい加減嫌気が差したのだろう。

ポルコさんが微妙に泣きながらこう言ってきたのだった。

「もう私と聖女武装(スペリオルアームズ)すればいいじゃないですかぁ～!?　レッツトライですよぅ～!?」

「……」

当然、何言ってんだろうこの人、と呆(ほう)ける俺なのであった。

146章　大封印術式

結論としてシヴァさんとエルマ、そしてポルコさんを除いた全員でテラさまのもとへ行くことになった。

マグメルの聖女武装（スペリオルアームズ）に海中を移動した時のような防御壁（ぼうぎょへき）型の移動術を組み合わせれば、たとえ高速で飛んだとしても大丈夫だろうということになったからだ。

もちろんナザリィさんも里に残り、二人の装備を新調してくれるという。

「テラさまー？　いらっしゃらないのですかー？」

というわけで、早々に世界樹へと辿（たど）り着いた俺たちだったが、いくら呼びかけてもテラさまは一向に姿を現してはくれなかった。

「ふむ、見た感じ争ったような形跡はないように思えるが……」

「そうね。でも心なしか、彼女が依（よ）り代（しろ）にしているというこの樹も元気がないように見えるわ」

そう言ってザナが世界樹の幹に優しく触れる。

確かに以前来た時にみられた生命力というか、力強さは感じられないような気がする。

やはりテラさまの姿が見えないことと何か関係があるのだろうか。

「さすがにこう立て続けに女神さま方のお姿が見えないと不安になりますね……。ほかの方々の安否も気になりますし……」

「確かに心配。とくにほかの女神さまたちは、三柱とも周囲に亜人や人が大勢いるから……」

「そうだな。いくら神が不滅とはいえ、フィーニスさまが関わっている以上、その法則も崩れかねないし、人間は言わずもがな、黒人形に亜人の里を襲わせた彼女が今さら人々の命を気にするとも思えないしな」

「ちっ、こりゃあたしも一度ババアの顔を見に行かねえといけねえみてえだな。まああのババアがそう簡単にやられたりはしねえと思うけどよ」

がしがし、と面倒そうに頭を掻くオフィールだが、その表情にはどこか陰りがあるように見えた。

ああは言いつつも、やはり母同然に育ててくれたトゥルボーさまのことが心配なのだろう。

ティルナにしてもそうだ。

シヌスさまが人魚の里――ノーグの神殿にいる以上、里への出入りを解禁されたセレイアさんも巻き込まれる可能性がある。

努めて平静を装ってはいるが、内心気が気でないはずだ。

ゆえに俺は大きく頷いて言った。

「――わかった。ならこのままトゥルボーさまの神殿に向かおう。本当は一度報告に戻った方がいいんだろうけど、それだと色々と間に合わない気がするからな。――マグメル」

「承知しました」

頷く彼女と再び聖女武装を発動させた俺は、防御壁の強度を最大限まで上げ、最速でトゥルボーさまのもとへと向かったのだった。

「――合わせろ、トゥルボー！」

「我に命令するな！」

どぱんっ！　と大地を蹴り、イグニフェルとトゥルボーが同時にフィーニスへと斬りかかる。

その手にはそれぞれ剛炎を纏う大剣と、暴風を纏う大鎌が握られていた。

所有している神のみが扱える最上級にして唯一無二の武器類だ。

が。

――ばちばちっ！

「うふふふ……」

フィーニスはそれらの一撃をかざした両手のひらでいとも容易く受け止める。

見れば、両手のひらの前には薄い障壁が張られていた。

「ちっ、やはり通じぬか……っ」

だがそうなることはイグニフェルたちも予想済みであった。

元より五柱全ての力を持つフィーニスが、さらに二柱分の力を取り込んだのである。

たとえイグニフェルとトゥルボーが力を合わせたところで、フィーニスには遠く及ばないだろう。

「——はあっ！」

ばちんっ！　とがら空きだった背中に向けて放たれたシヌスの刺突が、やはりフィーニスの障壁によって受け止められる。

「ふふ、残念だったわね……？」

「くっ……」

どうやら手をかざさずともはじめから全身に障壁を張り巡らせていたらしい。

だが——それもお見通しだ。

——きゅいいいいんっ！

「——っ⁉」

フィーニスの双眸が大きく見開く。

当然だろう。

何故ならイグニフェルたち三柱の身体が同時に目映く輝き出したからだ。

「まさかあなたたち……っ!?」

「然り！　我ら三柱とともに再び虚無の彼方へと封じられてもらうぞ、フィーニス！」

――きゅいいいいいいいいいいいいいんっ！

輝きがさらに強さを増す中、イグニフェルたちは揃って封印術を発動させたのだった。

「「「――〝神祖忘却の離岸流〟ッッ!!」」」

《聖女パーティー》エルマ視点45：誰よ、目隠しすれば色っぽくなるとか言ったやつ!?

その頃。

「是非シヴァさまの採寸はこの私めに……っ！」と鼻息荒くメジャーを持ってきた豚をビンタで追い返した後、あたしたちはナザリィの工房で新装備用の採寸を受けていた。

なんでもすでにほかの聖女たちはドワーフ装備に身を包んでいるといい、イグザのローブも古の聖者が身につけていたという伝説の代物らしい。

何それずるいという感じではあるが、冷静に考えてみれば〝終焉の女神〟とかいうやばいやつを相手にしているのだ。

当然、そのくらい凄い装備を身につけなければどうにもならないのだろう。

ともあれ、採寸の終わったあたしたちは、工房内で新しい装備ができるのを今か今かと心待ちにしていたのだが、

「第一回！　シヴァ先生のお色気講座ー！」

――ぱふぱふー。

「あらあら」

「……」

なんか始まったんだけど……。

木製のテーブルを囲み、突如開催された謎の講座に、あたしが一人胡乱な顔をしていると、主催者のナザリィが両手を顔の前で組み、神妙な面持ちで言った。

「この講座の目的は言わずもがな、我ら〝持たざる者〟でも先生のようにお色気むんむんになろうというものじゃ」

何その余計なお世話もいいところの講座。

そんなの受けなくてもお色気とかむんむんだし。

てか、最近やっと意味を理解したけど、その〝持たざる者〟にあたしを入れるのやめてくんない!?

少しは持ってるわよ、失礼な!?

「で、じゃ。さっそくじゃがお色気に一番必要なものを教えてくれぃ！」

興奮気味にそう問いかけるナザリィに、シヴァは「そうね」と思案した後、ふっと笑みを浮かべて言った。

「――〝思わず固唾を呑むような極上の肉体〟かしら？　私みたいな、ね？」

「「……」」

はい、終了ー！

もう夢も希望もありませんでしたー！

てか、何が〝私みたいな〟よ!? さっさと垂れればいいんだわ、そんな乳!? と内心自棄になるあたしだったが、ナザリィはまだ諦めていなかったらしい。

心に即死級のダメージを追いつつも、なんとか踏み留まって言った。

「ま、まあげふっ……そ、そういうのも確かに必要じゃとは思うがごふっ……ほかにもあるじゃろ？ こう仕草とか服装とか……」

「ええ、確かにあるわ。たとえばそうね、私のこの目隠しも、あるのとないのじゃ大分印象が変わるでしょう？」

そう言ってシヴァが目元の黒い布を外す。

確かに目元を覆っていた方がなんとも言えない背徳的なエロスを感じる気がする。

……。

いや、気がするだけであって、あたしがそういうプレイをしたいとかそういうことじゃないからね!?

てか、〝プレイ〟って何よ!?

変なこと言わせないでよね、いやらしい!?

「……なるほど。つまり我らもそういうアイテムで着飾れば、多少なりともお色気を纏うことができるやもしれんということじゃな?」

「そうね。なんなら試してみる?」

余裕を孕んだ表情で布を差し出してくるシヴァに、あたしたちは無言で顔を見合わせた後、

「上等じゃない。なら見せてあげるわ。あたしのエロスをね」

と奪うように布を受け取り、それをぎゅっと目元で結んでみる。

「どう?　もう完全に悩殺って感じじゃない?」

そして渾身のどや顔で二人に感想を聞いたあたしだったのだが、

「なんか斬首される前の囚人みたいじゃな……」

「いや、誰が斬首される前の囚人よ!?」

べしんっ!　と即行で布をテーブルに叩きつけたのだった。

147章　終焉の唯一神

「あれは……っ!?」

突如立ち上った巨大な光の柱に、俺たちは揃って目を見開く。

すると、聖女武装の影響で俺と一体となっていたマグメルが驚いたように言った。

「まさか封印術式……っ!?　いえ、でもあれほどの規模のものなんてあり得るはずが……」

「おいおい、どうなってんだよ!?　ババアは無事なのか!?」

「落ち着きなさい、オフィール。あれがもしマグメルの言うように封印術の一種なのだとしたら、受けているにせよ発動させているにせよ、トゥルボーさまはご存命のはずよ」

「そ、そうは言ったってよぉ……」

冷静なザナの言葉に、オフィールが弱気な表情を見せる。

仮にも育ての親が未だ安否不明の上、今まさに目の前で謎の封印術が発動している様を見せつけられているのだ。

当然、心中穏やかでなどいられるはずはないだろう。

だから俺は彼女が少しでも安心できるよう力強い口調で言った。

「心配するな、オフィール。仮にトゥルボーさまに何かしらの封印術が施されていたとしても、俺が必ず彼女を助け出してみせる。約束だ」

「あ、ああ、頼むよ……」

暗い表情でへたり込んでしまったオフィールの頭を、ティルナが優しく撫でながら言う。

「大丈夫。イグザならきっとなんとかしてくれる。だから元気を出して？」

「……ああ。ありがとよ……ティルナ……」

「ん。別に構わない」

こくり、とティルナが微笑みながら頷いた――その時だ。


――どぱあああああああああああああああああああああああああああああああああんっっ!!


「「「「――っ!?」」」」

突如として光の柱の下部から黒いもやのようなものが溢れ出し、瞬く間に柱を呑み込み始めたではないか。

「イグザ！」

「わかってる！　皆しっかり摑まっててくれ！」

アルカの呼びかけに頷いた俺は、一気に高度を下げ、柱の根元へ向けて一直線に飛んでいったのだった。

そうして柱を食い潰した黒いもやが風に霧散した頃、俺たちは件の場所——トゥルボーさまの神殿前へと到着した。

「あら……？　こんにちは、可愛い子たち……」

当然、そこにいたのは嬉しそうに微笑むフィーニスさまと、

「ババア！」

微かに残っていた黒いもやに包まれ、地に伏したままずずずと地面に引きずり込まれていく三柱の女神たちの姿だった。

トゥルボーさまにイグニフェルさま、そして俺たちがお会いした時とはサイズ感が違うが、恐らくはシヌスさまだろう。

どうやら先ほどの光の柱は彼女たち三柱の女神たちが放った封印術式だったらしい。

だがそれもこの有り様を見るに、フィーニスさまには通じなかったようだ。

「お、おい!?　しっかりしろ、ババア!?　おい!?」

慌てててトゥルボーさまに駆け寄るオフィールだが、気を失っているのか、彼女は何も言わないまま、もやとともに地中へと沈んでいく。

「ちきしょう⁉　なんなんだよこいつは⁉」

なんとか引き上げようとするも、力自慢のオフィールですらトゥルボーさまの拘束は解けず、彼女を含めた三柱の女神たちは揃って地面に呑み込まれてしまった。

「くっ……」

ぎりっと唇を噛み締めながら、オフィールが怒りの眼差しをフィーニスさまへ向ける。

すると、彼女はやはり薄らと笑みを浮かべて言った。

「心配しないで……。トゥルボーもほかの女神たちも、ただ私と一つになっただけだから……」

「ただ一つになっただけだと……っ？」

ふざけんなッ！　と聖神斧を片手に飛びかかろうとしたオフィールを、アルカとザナが即座に止めに入る。

「落ち着け、オフィール！　自棄になっても返り討ちに遭うだけだ！」

「うるせえッ！　あのクソ女神、今すぐぶっ殺してやるッ！」

「あなたの気持ちは痛いほどわかるわ！　でもお願いだから今は落ち着いてちょうだい！」

聖女二人に押さえつけられながらもなお、自分を殺そうと前に出てくるオフィールの姿に何を思うのか、フィーニスさまはふふっとおかしそうに笑い続けていた。

そんな彼女に俺は問う。

「……何故こんなことをされたのですか？」

「もちろん私たちが平和に暮らすためよ……」

「平和に暮らすため……？」

「そう……。うふふふふ……。これで最後の神器をあなたに与えることができるわ……」

「……それは、どういう意味ですか？」

訝しげに問う俺に、フィーニスさまは「あなた……」と何故かザナを指差して言った。

「あなたと同じ顔の子たちが、その身を犠牲にしてもう一人の《剣聖》を生み出してくれるの……」

「えっ……？」

当然、ザナは呆然と目を見開き続けていたのだった。

148章 いじめる人たちは嫌い

〝あなたと同じ顔の子たち〟――間違いなくフィーニスさまはそう言った。

それが指し示すものなど一つしかない。

そう、ザナを元に作られ、今も軍事都市ベルクアにいるはずのアイリスたちだ。

しかも彼女たちを犠牲にして、もう一人の《剣聖》を生み出すとフィーニスさまは言った。

ならばアイリスたちは――。

「あなた、あの子たちに一体何をしたの……？」

愕然と両目を見開き、ザナがフィーニスさまに問いかける。

すると、フィーニスさまは両手を合わせ、嬉しそうに言った。

「あなたたちにはとても感謝しているわ……。たとえ紛い物でもあれだけ《天弓》が揃っていれば、《剣鬼》のスキルを無理矢理《剣聖》にすることができるもの……」

「質問に答えなさい！　アイリスたちに何をしたの!?」

もの凄い剣幕で問い質すザナだが、フィーニスさまの顔から笑みが消えることはなく、しかも彼女を無視して「もう少しだけ待っていてね……」と俺に笑いかけてくる。

「馬鹿にして……っ」

当然、この状況で無視されたザナが冷静でいられるはずもなく、オフィール同様、聖神弓を構え始める。

「ちょ、ザナさま⁉」

慌てて止めに入ろうとするマグメルだが、今のザナに彼女の声は届かず、静かにこう警告した。

「どきなさい、マグメル。でないとあなたごと射貫くことになるわ」

「うっ……」

よほど強い殺気を放っていたのだろう。

思わずマグメルが後退る。

そんなザナの様子に、オフィールがククッと笑みを浮かべて言った。

「おい、どうしたよ？　お姫さま。今は落ち着いた方がよかったんじゃねえのか？」

「前言を撤回するわ。行くなら合わせてあげるから好きになさいな」

「はっ、そう来なくっちゃなッ！」

「――っ！」

どんっ！　と揃って大地を蹴った二人をアルカ一人では止めることができず、「くっ、馬鹿

ども が……っ」と唇を噛み締める。

「このクソ女神がッ！」

――ぶんっ！

「アイリスたちを返しなさいッ！」

――どひゅう！

そうして同時にフィーニスさまへと仕掛けた二人の攻撃を、

――がきんっ！

「「――なっ!?」」

俺が――受け止めた。

オフィールの戦斧を籠手の上腕で、ザナの矢を横から摑むようにして、それぞれ彼女たちに背を向けたまま受け止めたのである。

「おい、イグザ!?」

「どうしてその女を庇うの!?」

当然、納得がいかないとばかりに声を荒らげる二人に、俺は「ごめん、二人とも……」と一言謝りつつ、フィーニスさまに鋭い視線を向けて言った。

「彼女たちの攻撃は俺が防ぎました。だからあなたも彼女たちに向けて放とうとしていたあの〝黒い槍〟を収めてください」

「「……えっ？」」

二人が揃って目を丸くし、そして自身の周囲を見やって〝それ〟に気づく。

そう、彼女たちの背後の地面からは、その背を射貫かんばかりに〝黒い槍〟らしき物体が生えていたのである。

もし二人の攻撃を俺が止めていなければ、今頃はフィーニスさまによって容赦なく串刺しにされていたことだろう。

それがわかっていたからこそ、俺は二人の攻撃を止めたのだ。

「こいつは……」

「嘘……。だってそんな気配なんて全然……」

ずずず、と地面に吸い込まれていく黒い槍を二人が唖然と見つめる中、フィーニスさまは薄らと笑みを浮かべて言う。

「私ね、嫌いなの……。私をいじめようとする人たちのことが、我慢できないほど嫌いなの……」

「ええ、わかっています。でもあなたは彼女たちの大切な人たちを奪った。いじめられるのは当然です」

「でも殺してはいないわ……。トゥルボーはただ眠っているだけだし、あの子たちも用事が済めばきちんと解放してあげる……。あなたが望むのなら、全部終わったあとに女神たちを解放してあげてもいいわ……」

「……全部終わったあと？　それは〝人と亜人を全て滅ぼしたあと〟ということですか？」

険しい口調で問う俺に、しかしフィーニスさまは「いいえ……」と首を横に振って言った。

「――私とあなたの〝赤ちゃん〟ができたあとのことよ……」

「「「「「――っ⁉」」」」」

当然、何を言っているのかと揃って固まる俺たちだった。

149章　女神の子

「……あなたはイグザとの子どもが欲しいの？」

俺たちが唖然と固まる中、ティルナがフィーニスさまに問いかける。

すると、フィーニスさまは「ええ、欲しいわ……」と頷いて続けた。

「だって私には魔物たちしかいないもの……」

「それは……」

「でも魔物たちは私とお話をしてはくれない……。創造主だとは認識していても〝母〟だとは思っていない……。私はこんなにも愛しているのに、彼らは私を愛してはくれないの……」

「「「「「……」」」」」

どこか寂しそうに淡々とかぶりを振るフィーニスさまに、俺たちも思わず口を噤む。

確かに彼女のしてきたことを考えれば、到底許すことはできないだろう。

だが正直、フィーニスさまの心情もわからなくはない。

生まれた瞬間からオルゴーさまとの対比に悩み、迫害され、あまつさえ虚無の彼方へと封印されてしまったのだ。

それも永劫に等しい時間を独りぼっちでである。

彼女の根底にあるのが〝寂しさ〟だということも、なんとなくだが理解している。

だからこそ同じ時を生きられる存在が欲しいのだろう。

決して自分を迫害せず、愛した分だけ自分を愛してくれる存在。


――そう、〝子ども〟を。


それもただの子どもではない。

フィーニスさまと同じ〝神〟としての力を持つ子ども。

それを彼女は俺と作ろうとしているのだ。

「で、でもちょっと待ってください!?　いくらイグザさまが限りなく神に近い力を持つとはいえ、彼は紛れもなく〝人間〟です!?　人の形をしているとはいえ、エネルギー体であるあなたたち女神と子どもを作れるとは思えません!?」

マグメルの疑問を聞くなり、フィーニスさまが一転して嬉しそうに顔を歪めて言った。

「ええ、ええ、そうなの……。だから私はこの子に〝神器〟を与えているの……」

「……えっ？」

「あなたたちが〝聖神器（せいじんぎ）〟と呼ぶそれは、私とオルゴーの力が混ざり合った極（きわ）めて珍（めずら）しい武装……。そして七つのそれらを持つ者たち全（すべ）てを制御（せいぎょ）できるこの子なら、私たちよりも完璧（かんぺき）な神になれるわ……。そう、私に赤ちゃんを宿すことだってできるようになるの……」

「……つまりあなたはイグザを真の意味で〝神〟にしようとしていると？」

訝（いぶか）しげに問うアルカに、フィーニスさまはこくりと頷いて言う。

「ええ、そうよ……。〝聖女武装（スペリオルアームズ）〟だったかしら……？　確かにあれをあなたたち全員で使えば今の私ですら倒すことができるわ……。でもそれを発動させた瞬間、あなたは極めて神に近い存在へと昇華（しょうか）する……。その時にオルゴーの力を取り込んだ私と接触したら何が起こると思う……？」

うふふふふ……、と不気味な笑みを浮かべるフィーニスさまに、俺はごくりと固唾（かたず）を呑（の）んで尋（たず）ねる。

「……何が、起こるんですか？」

すると、フィーニスさまはやはり大きく口を歪めて言ったのだった。

「私とね、身も心も〝一つ〟になることができるのよ……？」

◇

一方その頃。

ドワーフの里のお色気相談は、さらに踏み込んだ内容へと移行していた。

「そんなもん、さっさと子作りでもなんでもすればよかろうて」

「こ、〝子作り〟とか言わないでよね!?　余計恥ずかしくなってくるじゃない!?」

「じゃがやらねば〝終焉の女神〟とやらは倒せんのじゃろう？　ならば悩んどる場合ではないじゃろうに」

「そ、それはそうだけど……」

ちらり、とエルマがシヴァに助けを請うべく視線を向けると、彼女は妖艶に笑って言った。

「言っておくけど、彼凄いわよ？」

「んなっ!?」

かあっとエルマの顔が一瞬にして茹で上がる。

確かに以前イグザが一晩で聖女全員の相手をする性欲おばけだという話は聞いていたが、そんなものを未経験のエルマにぶつけられた日には、ポルコの持っていた本のような展開になってしまうこと間違いなしだろう。

だが未だ若干の気まずさが残っているイグザの前でそんな恥ずかしい真似は絶対にしたくない。

ゆえにエルマは至極真剣な面持ちで二人にこう頼み込んだのだった。

「お、お願い！　どうすれば〝ダブルピース〟しなくて済むか教えてちょうだい！」

「「……えっ？」」

「……えっ？」

揃(そろ)って固まった後。

「「「えっ？」」」

その後、自分がとっても恥ずかしい勘違(かんちが)いをしていたことを知ったエルマは、「……あたしもう何も喋(しゃべ)らない」としばらくの間、工房の隅(すみ)で膝(ひざ)を抱えることになるのだった。

「少しだけ待っていてね……。すぐに最後の神器を届けてあげるから……」

「ま、待ってください!?　フィーニスさま!?」

俺の制止などまったく意に介さず、フィーニスさまがずずずと地面に吸い込まれるようにその姿を消していく。

正直、まだまだ聞きたいことはあったが、今はアイリスたちを救出する方が先である。

ゆえに俺たちは一度皆と合流すべく、ドワーフの里へと急ぎ戻ることにした。

その道中のことだ。

「つまりなんだ？　あの根暗女神は単に自分のガキが欲しいだけであって、それができちまえば人間や亜人に手は出さねえどころか、ババアやアイリスたちも全員解放するってのか？」

「彼女の話を要約するとそんなところでしょうね。まあどこまで本当かはわからないのだけれど……」

「ですがもし事実だとしたら、これ以上無駄な争いをしなくても済むのではないでしょうか……？」

控(ひか)えめなマグメルの問いに、しかしアルカはかぶりを振って言った。

「だがその代償(だいしょう)として我らの婿(むこ)は人を超越した存在へと生まれ変わらされるのだ。しかも今のイグザと同じ人格である保証もなしにな。もしかしたら女神フィーニスとその赤子だけを愛するまったくの別人になる可能性だってあるのだぞ？」

「そ、それはそうですけど……」

「というより、正妻である私よりも先に子を生(な)すこと自体納得がいかん。むしろお前たちはどうなのだ？　本当にそれでよいのか？」

そうアルカが問いかけると、女子たちから次々に不満の声が上がった。

「んなもんいいわけねぇに決まってんだろ？　そもそもあの根暗にいいようにやられて、こちとらいい加減どたまにきてんだ。その上、人の旦那(だんな)を寝取ろうなんざ冗談も顔だけにしとけって話だぜ」

「同感ね。まあオフィールが人のことを言えるほど優(すぐ)れた容姿なのかどうかはさておき」

「んだとコラァッ!?」

いきり立つオフィールを華麗(かれい)にスルーし、ザナは続ける。

「確かに彼女の境遇には同情するところもあるけれど、だからといってやっていいことと悪いことがあるわ」

「うん。わたしもそう思う。イグザもそうでしょう？」

縋るようなティルナの視線に、当然俺は「ああ」と頷いて言う。

「そうまでして自分の子どもが欲しいというフィーニスさまの気持ちもわからなくはないけれど、彼女は聖者たちをはじめ、罪のない亜人たちを傷つけたばかりか、女神さま方を取り込んだ挙げ句、アイリスたちまで巻き込んだ。その報いはきちんと受けるべきだと思う」

もちろん痛めつけるって意味じゃなくてな？　と付け足すと、マグメルも「そうですね。確かにイグザさまの仰るとおりだと思います」と納得してくれた様子だった。

なので俺は続けて言う。

「うん。だからさっさとドワーフの里に戻ってシヴァさんに〝視て〟もらおう。またフィーニスさまの邪魔が入るかもしれないけれど、何もしないよりはマシだからな」

「ああ」「はい」「おう」「うん」「ええ」

揃って頷く女子たちを連れ、俺は最速でドワーフの里へと帰還していったのだった。

その頃。
以前聖者たちが会合を行っていた薄暗い広間に、女神フィーニスを含め八つの人影があった。

フィーニス以外の人影は同じ顔の少女が六人と、精悍な顔立ちの青年が一人で、青年を中心に床に描かれた術式から枝分かれした術式の中に、それぞれ少女たちが一人ずつ拘束されている感じだ。

術式はほのかに輝いており、それが室内を照らす光源にもなっていた。

「……私たちをどうするつもりですか?」

この状況でもなお気丈な視線を向けてくる少女——アイリスに、フィーニスは相変わらず余裕を孕んだ表情で言う。

「前にも言ったでしょう……? ただ協力してほしいだけだって……」

「ならば私たちの拘束を今すぐ解いてください。こんなのは協力ではありません。ただの〝強制〟です」

「あらあら、うふふ……。そうね……。あなたの言うとおりだわ……」

「——っ!?」

突如差し伸ばされてきた手に、アイリスはびくりと瞳を閉じる。

「……?」

だがフィーニスは彼女の頭を優しく撫でただけで、アイリスも戸惑っている様子だった。と。

「じゃあ、はじめましょうか……」

そう言いながらすっとフィーニスが身を離すと、ほのかに輝いていた床の術式がその輝きを増し始め、

――ばちばちばちっ！

「「「「「「……う、あああああああああああああああああっっ!?」」」」」」

同時にアイリスたち六人が悲鳴を上げた。

「やめろ!?　彼女たちが苦しんでいるじゃないか!?」

その様子を見た青年が抗議の声を上げる中、フィーニスは悠然と彼に近づいたかと思うと、

「あなた、少しうるさいわ……」

――ずどっ！

「――がっ!?　ぐ、ああああああああああああああああああああああああっっ!?」

容赦なくその胸に〝剣〟の神器を突き立て、黒いオーラで包み込んだのだった。

《聖女パーティー》エルマ視点46：そりゃ禁忌にもなるわよ!?

「何やら大変なことになってきましたな……」

「そうね……」

帰還したイグザたちの報告を聞き、豚が神妙な面持ちで声をかけてくる。

なんでも女神さまたちは皆、あのフィーニスとかいう怖い女神に取り込まれてしまった上、ザナの妹たちも彼女に連れ去られてしまったらしい。

しかもその目的が〝イグザと子作りするため〟だというからもうわけがわからない。

そんなのしたければ勝手にすればいいじゃない。

それで世界が平和になるなら万々歳でしょ？　ねえ？

「しかしこうなってくると、いよいよ聖女さまの聖女武装が急がれますな」

「そ、そうね……」

って、人があえて触れなかった話題にがっつり触れてくるんじゃないわよ!?

せっかく考えないようにしていたのに台無しじゃない!?

ええ、ええ、わかってるわよ!?
あたしがそのスペリオルなんちゃらを習得しないと、そもそも子作りができないんでしょ!?
ならたとえここであたしが拒否したところで、そのうちまたあの女神に怖い顔で迫られるのは明白じゃない!?

　イグザは子作りするつもりはないみたいだけど、どのみちあの女神を倒すにはあたしのスペリオルなんちゃらが必要だっていうし……。

　はあ……、と大きく嘆息するあたしに、豚が珍しく紳士的に微笑んで言った。

「少し外の空気でも吸いに行きませんか？」

「えっ？　でも……」

　ちらり、と未だ話を続けているイグザたちを見やる。

　一応あたしも当事者の一人なわけだし、勝手に抜け出したら悪い気がするんだけど……。

「まあまあ、いいじゃないですか。ほら、行きましょう」

「ちょ、ちょっと!?」

　豚に背を押され、あたしは促されるままに工房をあとにしたのだった。

◇

そうして里の外へと連れ出されたあたしは、すっかり夜の帳が下りた空を見上げる。

どうやら今夜は星がよく見える日のようだ。

「どうです？　少しは気持ちが落ち着きましたか？」

「ええ、おかげさまでね。というか、意外と強引なのね、あんた」

「ふっふっふっ、私はこれでも里一番のプレイボーイですぞ？」

にやり、とどや顔で言う豚に、あたしは「ふーん」と胡乱な瞳を向ける。

まあプレイボーイうんぬんはさておき、多少なりとも気分転換になったのは事実なわけだし、ここは素直にお礼を言っておこうと思う。

「一応感謝しておくわ。ありがとね」

「いえ、構いません。それより聖女さまにはこれをお渡ししておきたく思いまして」

そう言って豚が取り出したのは、何やらピンク色の液体が入った小瓶だった。

「……何よこれ？」

渡された小瓶を見ながら問うあたしに、豚はふっと優しい笑みを浮かべて言う。

「もしどうしてもイグザさまとの行為を受け入れられないその時は、どうぞそれをお飲みくださいませ。そうすればあなたの苦しみはすっと消えるはずです」

「え、それってまさか……」

服、毒……っ!?

愕然とするあたしに、豚は「ええ」と頷いて言った。

「ですのでそれを使うのは本当にどうしようもなくなった時にしてください。その薬は里の禁忌――それを持ち出したことが知れただけで処罰は免れない代物ですので」

「そ、そんなもの受け取れないわよ⁉　だ、大体、あたしこんなもの使うつもりないし⁉」

「いえ、奥手なあなたには必要なはずです！　そのドワーフ特製――〝超絶ド淫乱媚薬〟が！」

「……はっ？」

え、ちょっとごめん。

何言ってんのこの豚。

しばいていいの？

真顔で目を瞬くあたしに、豚は人目を気にした後、耳打ちするようにこう言ってきた。

「ところで余ったらちゃんと返してくださいね？　いずれ私も使う時がくるかもしれませんので。できればマグメルさまに」

「……」

うん、しばいていいわね。

そう思いながら微笑み、あたしは豚をしばき倒したのだった。

なお、まったくこれといって他意は全然ないのだが、豚に持たせておくのは危険なのでこのお薬は没収しておくことにしました。

151章 マグメルは変態さん？

一通りの報告を終えた俺たちは、アイリスたちを救出するため、その居場所をシヴァさんに視(み)てもらうことにした。

だがやはりフィーニスさまの力が邪魔しているらしく、彼女の〝眼(め)〟を以(もっ)てしてもその動向は追えないという。

ならば一体どうすればよいのか。

一様(いちよう)に険しい表情を見せる俺たちだったが、ふいにシヴァさんがこう言い出したことで事態が動く。

「確証はないのだけれど、女神フィーニスの居場所に関して一つだけ心当たりがあるわ」

「「「「「！」」」」」

シヴァさんの言葉に俺たちが揃(そろ)って目を丸くする中、俺は彼女に問う。

「え、それは一体どこなんですか？」

「どこ、と言われると正確な場所まではわからないのだけれど、以前聖者たちの会合に使われていたとある広間があるの。専用の移動術でしか行けない特別な場所だから、訪れる者も皆無と言っていいわ」

「なるほど。人知れず大がかりな儀式をやるには持ってこいの場所というわけね？」

ザナの問いに、シヴァさんは大きく頷いて言った。

「ええ、そうよ。一応封印中の女神フィーニスともそこでコンタクトをとっていたみたいだし、彼女にとっても馴染みの場所だから、潜伏している可能性は決して低くはないんじゃないかしら？」

「そうですね。確かに調べてみる価値は十分にあると思います。その場所にはすぐに行けたりしますか？」

「ええ、もちろん。あなたが望むのならいつだってゲートを開いてあげるわ」

「ありがとうございます」

微笑みながらお礼を言った後、俺は皆を見渡して言う。

どうやら外に出ていたエルマたちも戻ってきたようだ。

「というわけで、さすがにアイリスたちのことが心配だし、これからその広間へ乗り込もうと思う。とくに遠征組は疲れてると思うけど、もし身体がキツければ遠慮せず言ってくれ。無理強いはしないからさ」

俺がそう言って笑いかけると、女子たちもまた笑みを浮かべて言った。

「はっ、この状況で休むやつなんざいるわきゃねえだろ？」

「ふ、同感だ。あの娘たちには色々と世話にもなったからな」

「ええ、お二方の仰るとおりです。それに私たちは皆イグザさまのおかげで体力の回復速度も飛躍的に向上しています。なのでどうぞお気遣いなくお使いくださいませ」

「できれば少々乱暴に、じゃろ？」

にやにやといやらしそうな笑みのナザリィさんに、「……はい」とマグメルが頬を朱に染めて言う。

「個人的に好きなのはお尻を強めに叩かれることで……って、何を言わせるんですか!?」

当然、真っ赤な顔で声を荒らげるマグメルに、ナザリィさんも苦笑いを浮かべる。

「いや、すまんすまん。まさかこんな馬鹿正直に乗ってくれるとは思わんでな？」

「だ、だからってやっていいことと悪いことがあります!?　こ、これじゃまるで私が痴女みたいじゃないですか!?」

と。

「いや、お前は最初からドMの痴女だっただろ？」

「……えっ？」

アルカの突っ込みに、マグメルが呆然として目をぱちくりさせる。

うんうん、とほかの女子たちが揃って頷く中、俺は思い出す。

マグメルとはじめて会った際、彼女がその貞淑な感じのロングスカートの下にガーターベルト付きの透け透けTバックを穿き、隠れ露出を愉しんでいたことを。

しかもその状態でアルカに〝聖女の身でありながら肉欲に溺れるなど言語道断！〟的にお説教までしてきたのだからもうびっくりである。

まあ今となってはいい思い出なのだが。

「大丈夫。わたしはむしろ変態さんなマグメルが大好きだから」

「あ、ありがとうございます……って、誰が〝変態さん〟ですか!?　た、確かにイグザさまの前でだけは多少なりともタガが外れることはありますが、それはあくまでイグザさまの前でだけであって……というか、私のことはいいんですぅ!?　それより今はアイリスさまたちを助けに行くのが先決でしょう!?」

真っ赤な顔で強引に話を戻そうとするマグメルに、俺も「そ、そうだな」とぎこちなく言って頷く。

そして一つ咳払いをし、改めて女子たち全員に向けてこう告げたのだった。

「よし、なら善は急げだ。早速皆で聖者たちが会合していたという場所に行ってみよう」

152章　急転

「フィーニスさま！」

「あら……？」

ともあれ、シヴァさんの予想通り、俺たちは件(くだん)の広間にてフィーニスさまを発見する。

彼女はほのかに輝く術式(じゅつしき)の中心で、黒人形(ドール)と化した〝何か〟とともに佇(たたず)んでいた。

と。

「アイリス！」

ザナが悲痛な声を上げながら駆け出す。

見れば、中央の術式からは六つの小さな術式が枝状に伸びており、それぞれ一人ずつ計六人の少女たちがその中でぐったりと床に伏していた。

「マグメル、アイリスたちを頼む！」

「ええ、わかりました！　すみませんがどなたか二、三人ほどお手伝いをお願いします！」

「おう、ならあたしに任せろ！」

「うん、わたしも手伝う」

「じゃあ念のため私もあなたたちと一緒に行くわ」

「すみません、お願いします！」

マグメルとともにオフィールとティルナ、そしてシヴァさんがそれぞれザナの妹たちのもとへと駆けていく。

残ったのは俺とアルカ、それにエルマだった。

一応エルマの従者としてポルコさんもついてきたがっていたのだが、念には念を入れて里に残ってもらうことにしたのだ。

「ふふ、大丈夫よ……。彼女たちはただ気を失っているだけだから……」

そう言って微笑むフィーニスさまを、俺は訝しげに見やりながら問う。

「……つまり儀式はもう終わったということですか？」

「ええ、そう……。ほら、見てちょうだい……。この子が新しい《剣聖》よ……」

「グ、ギギ……ッ」

カクカク、とまるでマリオネットのような動きで新たな黒人形が動き始める。

今までの黒人形と微妙に性質が違うように見えるのは、やはり強引に生み出したものだからだろうか。

「ふむ、随分とおぞましいものを作ったものだな。つまりそれの元となった人間も、アイリスたち同様どこからか攫(さら)ってきたというわけか」

「ええ……。〝光の英雄〟だったかしら……？　《剣鬼》のスキルを持つ人間よ……。でもうるさかったから殺してしまったわ……」

「「「――なっ!?」」」

　フィーニスさまの言葉に、俺たちは揃(そろ)って驚愕(きょうがく)の表情を浮かべる。

　ならばたとえ浄化を施(ほどこ)したところで、彼の命を救うことはできないだろう。

　もちろん俺には《完全蘇生(アズライール)》があるし、生き返らせること自体は可能なのだが、それにしたって無関係の人の命がこんなにも簡単に失われるのはやはり胸が痛む。

　ゆえに俺はフィーニスさまに問うた。

「……どうして彼の命を奪ったんですか？　俺に浄化させるためなら殺す必要はなかったでしょう？」

「そうね……。でもこの子は私の話を聞いてくれなかったの……。全部終わったら解放してあげるって言ってるのに、〝あの子たちには手を出すな〟ってずっとうるさかったの……」

「だから殺したと？」

「ええ、そうよ……。だって私、うるさい子は嫌いだもの……」

　仮にも〝光の英雄〟というくらいだ。

　きっと優しく正しい心の持ち主だったのだろう。

まさかそれが仇となってしまうとは……。

悲痛な面持ちを浮かべていた俺たちに、それよりとフィーニスさまが小首を傾げる。

「どうしてその子にはまだ〝印〟がついていないの……？」

「えっ……？」

突如指を差され、エルマが呆然と目を瞬く。

〝印〟というのは、たぶん〝鳳凰紋章〟のことだろう。

彼女を抱いていない以上、それが刻まれていないのは当然である。

そして鳳凰紋章がなければ、エルマの力が俺には流れ込んでこない。

つまり〝剣〟の聖神器を手に入れても意味がないのだ。

「ねえ、どうして……っ？　私、早く赤ちゃんが欲しいのに……っ」

「ひっ!?」

かっと両目を見開いて問い質してくるフィーニスさまに、堪らずエルマが悲鳴を上げる。

「……？」

そんな彼女を庇うように前に出たのは、ほかでもない俺だった。

「すみません、フィーニスさま。でもこういうことには順序があるんです。あなたの希望だけで彼女の気持ちを蔑ろにすることはできません」

「イグザ……」

ぽっと頬(ほお)を朱に染めるエルマに無言で頷(うなず)き、俺は再びフィーニスさまに視線を向ける。

するると、彼女は「そう……」と一言呟(つぶや)いた後、顔に余裕の色を戻して言った。

「まあ、いいわ……。どっちが先でも結果は変わらないもの……。そうよね……？」

「グギ……ッ」

「「！」」

そう言ってフィーニスさまが俺たちに黒人形(ドール)をけしかけようとしていた時のことだ。

「あら……？」

ふいに彼女の背後からぞろぞろと蠢(うごめ)く影が出現する。

「「「「グルルルル……ッ」」」」

——魔物だ。

フィーニスさまの存在に惹(ひ)かれたのか、それとも新しい黒人形(ドール)の気配に誘われたのかはわからないが、種族の違う複数の魔物たちが突如として姿を現したのである。

なお、アイリスを含めた妹たちは皆、俺たちの後ろに連れ出し済みかつシヴァさんが防壁を張ってくれているので、とりあえず襲(おそ)われる心配はないだろう。

「ふふ……。あなたたちも力を貸してくれるの……？」

「グルゥ……」

ゆっくりと近づいてきた狼(おおかみ)型の魔物——ガルムの頭をフィーニスさまが優しく撫(な)でると、

ほかの魔物たちも彼女の横に並び、俺たちに敵意を剥き出しにしてくる。

「うふふ……。いい子たちね……」

そんな魔物たちの様子に嬉しそうな笑みを浮かべるフィーニスさまだったのだが、

――ずしゃっ！


「……えっ？」

「「「「「――っ⁉」」」」」

突如としてその胸元を、背後から鋭利な物体が貫いたのだった。

153章　鬼神降臨

「これは……何……？」

フィーニスさまが呆然と自身の胸元を見下ろす。

一体何が起こったのか、まったく理解できていないようだった。

と。


――ずぐしゃっ！


「――がっ……!?」

「「「「「「――なっ!?」」」」」」

胸元を貫いていたものと同じ物体が、まるで身体の内側から弾けたようにフィーニスさまの全身を串刺しにする。

おかげで彼女の身体は宙に浮き、見るも無残な姿になっていた。

「――油断したな、女神フィーニス」

そんな中、聞き覚えのある男の声が広間に響く。

その男は右腕を異形なものへと変化させ、今まさにフィーニスさまを背後から貫いている最中だった。

鬼人種の亜人にして聖者たちのリーダー格だった男。

「エリュ、シオン……っ!?」

そう、フィーニスさまの黒人形化を唯一免れた〝剣〟の聖者――エリュシオンである。

恐らく生きてはいるだろうと思っていたが、まさかこのタイミングで姿を現すとは……。

唖然として固まる俺たちに、エリュシオンは相変わらず淡々とした口調で言った。

「礼を言うぞ、救世主。貴様らのおかげでフィーニスの意識から外れることができた。ゆえに是非とも褒美をくれてやりたいところなのだが――」

――ばちばちばちばちっ！

「ああああああああああああああああああああああああああっっ!?」

「「「「「「「――っ!?」」」」」」」

「今は貴様らに構っている暇はないのでな」

まるで雷にでも打たれたかのようにフィーニスさまの身体に火花が走る。

「お、おい、やめろ!?」

堪らず声を張り上げる俺だが、エリュシオンはまったく聞く耳を持たず、無言でフィーニスさまを見上げていた。

「くっ……」

見かねて助けに入ろうとした――その時だ。

――ばしゅうっ！

「「「――がはっ!?」」」

「「「「「「――なっ!?」」」」」」

突如フィーニスさまの身体から五つの光が飛び出し、揃って石の床をごろごろと転がる。

「ババア!?」

オフィールの呼びかけ通り、それらはフィーニスさまに取り込まれていたはずの女神さまたちだった。

「二人とも、女神さまたちを！」

「ああ、わかった！」「ええ、わかったわ！」

アルカとエルマが女神さまたちのもとへと駆け出す中、オフィールがトゥルボーさまを抱き起こしながら彼女に声をかける。

「お、おい、ババア!?　しっかりしろ、ババア!?」

「ぐ、耳元で大声を出すな、この馬鹿(ばか)娘が……」

「お、おう、すまねえ……」

見た感じ、どうやら無事のようだ。

「大丈夫か？　女神フルガ」

「ちっ、オレとしたことがしくじったぜ……」

「だ、大丈夫ですか？　テラさま」

「ええ、ご心配をおかけして申し訳ありません……」

ほかの女神さまたちも大事はないようで、俺もとりあえずほっと胸を撫(な)で下ろす。

すると。

――どさっ。


「！」

フィーニスさまへの拘束が解かれたのか、俺が振り返った時には彼女は力なく床に倒れ込んでいた。

「フィーニスさま⁉　――なっ⁉」

だがそれよりも俺が目を疑ったのは、彼女の後ろで佇む男の姿だった。


「――なるほど。これが神の力か」


右手を握ったり開いたりしながらそう独りごちるのは、間違いなくエリュシオンである。

しかしその見た目は大きく変わっており、頭部以外が外骨格のようなものに覆われ、髪の毛も真っ白になっていた。

以前見たやつの〝獣化〟とはまったく別の形態だ。

「あんた、一体何を……」

「見ればわかるだろう？　奪ってやったのだ――〝創世の神の力〟とやらをな」

「奪った、だと……っ⁉」

驚愕に目を見開く俺に、エリュシオンは「そうだ」と頷いて言う。

「私はありとあらゆる魔物の力を取り込み、己自身を魔物と化すことでそれを生み出した〝フィーニス〟という存在に同調できるようにした。やつが私の気配を察知できなかったのもそれが一つの要因なわけだが……まあその話はいい。とにかくあとは〝意思〟の問題だ」

「……意思？」

「ああ。貴様が〝鳳凰紋章〟とやらで女どもと力のやり取りをするように、私もまたやつと同調し、その力を全てこちら側へと引きずり出した。取り込まれていた女神たちの力も一緒にな」

「女神さまたちの力も一緒にって……まさか⁉」

慌てて女神さまたちの姿を見やる俺に、エリュシオンは不敵な笑みを浮かべてこう言ったのだった。

「貴様の想像通りだ、救世主。最早搾りカス同然のそいつらに自らの存在を維持するだけの力は残っていない。保って数刻といったところか。愚かな神どもには似合いの末路だ」

「グ、ギギ……ッ」

「ほう？　傀儡の分際でこの私に憤りを向けるか。――いいだろう。かかってこい」

「グガアッ！」

　エリュシオンの挑発を受け、黒人形がカクカクと変則的な動きで飛びかかる。

　元が人間とはいえ、黒人形化されたことでフィーニスさまを主だと認識しているらしく、彼女に手を上げたエリュシオンが許せなかったのだろう。

「やめろおおおおおおおおおおっ!?」

　だが相手はすでに聖者の域を超えた新たなる創世の神だ。

　そんな相手に神器持ちとはいえ、ただの黒人形風情が勝てるはずもなく、

　――ざしゅっ！

「「「「「「――なっ!?」」」」」」

　一瞬で細切れにされ、肉片も床に落ちる前に全て煙の如く消え去ってしまった。

からんっ、と遅れて神器だけが床を転がる。

すると。

ばきんっ！　とエリュシオンはつまらなそうにそれを踏み砕（くだ）いた。

「くだらん」

なんということであろうか。

黒人形（ドール）化状態の神器であれば、持ち主を浄化するなりして〝穢（けが）れ〟から解放すれば、たとえどんなに傷ついていても元の状態に復元されるが、素（す）の状態の神器を破壊されては話が別だ。

あれではもう最後の聖神器（せいじんぎ）を作ることはできないだろう。

つまり創世の神となったエリュシオンに対抗できる手段がなくなってしまったのだ。

「さて、話の続きだ、救世主。ここで貴様を殺すのは簡単だが、それではなんとも面白味（おもしろみ）がない。ゆえに私はこれから魔物どもを使って人間どもを一匹残らず殺し尽くす。抗（あらが）いたければ抗うがいい。だが果たして貴様らだけで世界中の人間全てを救うことができるかな？」

「てめえ……っ」

ぎりっと唇（くちびる）を噛（か）み締める俺たちを鼻で笑い、エリュシオンは魔物たちとともに黒い炎のようなものに包まれていく。

「せいぜい足掻（あが）くことだ、救世主――そして聖女どもよ。女神どものいなくなった世界で、己（おの）が無力を嘆（なげ）きながら絶望に打ちひしがれるがいい」

そう言い残し、エリュシオンたちは広間から姿を消していったのだった。

その後、急ぎゲートを使ってドワーフの里へと戻った俺たちは、族長さんに直接事情を説明し、アイリスたちと女神さまたちを休ませることができる部屋をそれぞれ用意してもらった。

アイリスたちに関してはかなり疲弊(ひへい)はしているものの、命に別状はなく、しばらく休めば大丈夫だろうとのことだった。

俺が回復させてあげてもよかったのだが、精神的なショックもあるだろうからな。

とりあえず少し寝かせておくことにしたのである。

ともあれ、問題はやはり女神さまたちであった。

エリュシオンに持ちうる力の全てを奪われた彼女たちは、すでに自(みずか)らの存在を維持(いじ)する力すら残っておらず、とくに〝彼女〟に関しては受けたダメージの大きさも相(あい)まって、今にも消えてしまいそうだった。

「……どうして助けるの……？」

そう、マグメルに治癒(ちゆ)術をかけられているフィーニスさまだ。

さすがにあの場に置き去りにしておくわけにもいかず、一緒に連れてきたのである。

だがその顔色はいつも以上に蒼白で、すでに指一本動かす気力も残ってはいないようだった。

恐らくは力を奪われたことよりも、念願だった子どもが授かれなくなったことに絶望してしまっているのだろう。

「あなたにはまだ償わなければならないことが残っています。勝手に消滅しないでください」

「そう……。それはごめんなさいね……」

マグメルのお叱りにも、心ここに在らずといった感じであった。

「くそっ!? 一体どうすりゃいいんだよ!?」

そんな中、トゥルボーさまの側に付き添っていたオフィールが感情を露にする。

フィーニスさまは言わずもがな、ほかの女神さまたちにも時間が残っていないからだ。

焦燥を抑えられないのは当然だろう。

「なあ、イグザ!? あんたならなんとかできねえのか!? 限りなく神さまに近い力を持ってるんだろ!? なあ、頼むよ!?」

「オフィール……」

今にも泣き崩れそうな顔でそう縋ってくるオフィールに、俺がなんと声をかけたらいいか迷っていると、まだトゥルボーさまよりは症状の軽そうなイグニフェルさまが、「そう悲しむな、人の子よ」と優しい口調で言った。

「たとえ我らの肉体がここで滅んだとしても、その心は常にそなたたちとともに在る。それはトゥルボーも同じだ」

「で、でもよぉ……」

「そうだぜ？　オフィール。こうなっちまった以上は仕方がねえ。なら最期くらいは華々しく送ってくれや」

　にっと笑みを浮かべながら言うのは、イグニフェルさま同様、まだ少しは元気が残っているように見えるフルガさまだった。

　なお、残りのお二方は身体を起こすのも辛そうで、今も床に伏している状態だ。

　何か力の奪われ方が違ったのだろうか。

「！」

　と、そこで俺はあることに気づき、ずかずかとベッド上で胡座をかいていたフルガさまのもとへと近づくと、彼女を押し倒さんばかりの勢いでその下腹部を覗き込む。

「ちょっ!?　こ、こんな時に何を盛ってやがる!?　そ、そういうのは二人きりの時に……って、あん？」

　そしてフルガさまも自身の〝異変〟に気づいたようだ。

「これは……」

　そこにくっきりと刻まれていたのは、元来女神さま方には刻まれることのない雄々しき不死鳥の証――そう、〝鳳凰紋章〟であった。

《聖女パーティー》エルマ視点47：いや、にやにやとどや顔してるんじゃないわよ!?

話は少々遡り、エリュシオンとかいう顰めっ面のおっさんが魔物たちとともにどこかへと去っていったあとのこと。

「!」

とにもかくにも、一度ドワーフの里に戻ろうという話になる中、ふとあたしの目に留まったのは、エリュシオンに踏み砕かれて真っ二つに折れてしまった一振りの剣だった。

そう、あたしの聖神器になる予定だった〝剣〟の神器である。

「……」

――つんつん。

こんな状態だし、使い物にならないのはわかっているのだが、なんとなく神器のことが気になったあたしは、もの凄く腰の引けた状態でこれをつま先つんつんする。

べ、別に怖いとかそういうことじゃなくて、触れたら乗っ取られる的な話も聞いてるじゃない?

だから念のためよ、念のため！

まあ普通に大丈夫だったみたいだけど……。

と。


「――何をしてるの？」


「ひゃぎいっ!?」

ふいに背後から声をかけられ、あたしは女子にあるまじき悲鳴を上げる。

ちょ、ちょっといきなり誰よ!?

思わずおしっこ漏らしちゃうところだったじゃない!?　と抗議の視線を向けながら振り返ったあたしに、声の主であるティルナが不思議そうに小首を傾げて言った。

「それは……神器？　持って帰るの？」

「え、ええ、一応ね。あとで何かの役に立つかもしれないでしょ？」

「そう。わかった」

「え、ちょっ!?」

そう頷くなり、ティルナは折れた神器をむんずと摑んだかと思うと、それをぐるぐると布で包み、「じゃあ行こう」とそのまま何ごともなかったかのように駆けていった。

「ええ……」

いや、そんな簡単に持っていかれたら、すんごい腰が引けた状態でつんつんしていたあたしが馬鹿みたいじゃない……。

ともあれ、ドワーフの里へと戻ってきたあたしは、イグザたちの邪魔にならないよう密かに豚を工房へと呼び出して言った。

「ねえ、あんたさ、これ直せたりしない？」

「えっ？」

両目をぱちくりさせながら豚が包みを受け取り、それをくるくると解く。

「……うん？　――ちょっ⁉」

言わずもがな、中身は先ほど回収した〝剣〟の神器であった。

「な、なんてものを渡してくれてるんですか⁉　わ、私も一応〝聖者〟なんですよ⁉」

当然、めちゃくちゃビビりまくる豚に、あたしは「大丈夫よ」と腕を組んで言う。

「だってあんた一度黒人形だかになってるんだし、免疫みたいなのがあるでしょ？」

「いや、そんな風邪みたいに言われても⁉」

　がーんっ、とショックを受けている様子の豚だが、あたしは気にせず問う。

「で、どうなの？　直せそう？」

「そ、そう言われましても……。確かこれはフィーニスさまのお力でできているのですよね？」

「みたいね。それをあたしの聖剣で浄化することで、二つが融合して聖神器になるらしいわ。まあ折れていなければの話なんだけどね」

「……なるほど」

　そう神妙に頷いた後、豚は真顔でこう言った。

「では一度その〝浄化〟というものを試してみるのはいかがでしょうか？」

「……はっ？」

　え、何言ってんのこの豚。

　話聞いてなかったの？

　訝しげな視線を向けるあたしに、豚は神器を机の上に置いて言う。

「元々フィーニスさまのお力でできているというのであれば、実体はあってないようなものですし、聖剣と混ざり合った際に修復できるのではないかと思いまして」

「いや、そんな単純な話じゃないでしょ……」

　はあ……、と嘆息しつつ、あたしは一応聖剣を鞘から抜いて神器に近づけてみる。

するか。

――ぱあっ！

突如聖剣が淡い輝きを放ち、粒子状に分解したと思いきや、神器に吸い込まれるように同化していく。

そして輝きが一層激しくなった直後――神々しい一振りの剣があたしたちの前に姿を現したではないか。

そう、紛れもなく〝剣〟の聖神器である。

もちろん刀身はがっつり修復済みだ。

「「えっ？」」

「「……」」

いや、普通にできちゃったんですけど……。

当然、呆けながらその光景を見据えるあたし。

まあ皆が喜んでくれるんなら別にいいんだけどね……。

「ふっふっふっ、やはり私の予想通りでしたな（にやっ）」

でも豚がどや顔してるのは微妙にムカつくわー。

何故（なぜ）神であるフルガさまの身体（からだ）に鳳凰紋章（フェニックスシール）が刻（きざ）まれているのか。

もしやと思い、俺はイグニフェルさまにも下腹部を見せてくださるようお願いする。

「ふむ、よかろう」

——ごうっ！

「ちょっ!?」

すると、イグニフェルさまは男らしく（？）衣服を燃え上がらせ、俺たちの目の前で仁王立（におうだ）ちのまま全裸（ぜんら）になった。

以前拝見（はいけん）させてもらったが、相変わらず抜群（ばつぐん）のスタイルである。

一応ここには俺と女性陣しかいないので、別段見られても構わないのだろうが、できればもう少し恥（は）じらいを持っていただけるとありがたいというかなんというか……。

「やっぱり……」

「ほう、これは驚きだ」

ともあれ、やはりイグニフェルさまの下腹部にもフルガさまと同じく鳳凰紋章（フェニックスシール）が刻印（こくいん）されていた。

恐らくは力を奪われたことで神から人へと堕（お）とされたような感じになっているのだろう。

だから神には刻まれるはずのない鳳凰紋章（フェニックスシール）が刻まれているのだ。

そして鳳凰紋章（フェニックスシール）が刻まれているということは、すなわち彼女たちに俺の力が流れ込んでいるということ。

つまり〝消滅を回避できる〟ということにほかならない。

「なるほど。そういうことか」

やっと得心（とくしん）がいったと頷（うなず）き、俺は皆にその事実を告げる。

すると、イグニフェルさまが腕を組み、嬉（うれ）しそうに笑いながらその豊かな胸をどんっと張って言った。

「はっはっはっ！　さすがは我（われ）の見込んだ男よな！　誠に天晴（あっぱ）れぞ！」

「ど、どうも……」

ただ褒（ほ）めてくれるのは嬉しいのだが、できれば早く服を着ていただきたい俺なのであった。

◇

　というわけで、なんとか女神さまたちを助けることのできる術（問題は絆を結べるかどうかなのだが……）を見つけはしたものの、方法が方法である。

　となれば、当然素直に受け入れられない方がいるのも頷ける話だった。

「いや、四の五の言ってる場合じゃねえだろ!?　ちょちょいとヤッちまえばそれで助かるかもしれねえんだぞ!?」

「ば、馬鹿者!?　そ、そういう問題ではないわ!?」

　というか、普通にトゥルボーさまである。

　本当は上体を起こしているだけでも辛いはずなのに、彼女は真っ赤な顔で声を荒らげていたのだ。

「やれやれ、同じオルゴーの半身とは思えぬ臆病さよな。一体何を恥じらう必要があると？」

　いや、あなたはもう少し恥じらってください。

　てか、早く服を着てください。

「だ、黙れこの痴れ者めが!?　わ、我は貴様のように尻の軽い女ではないのだ!?　〝歌〟の一つも交わしておらぬ男となどまぐわえるはずなかろう!?」

「……歌？」

　一体なんのことだろうと俺が小首を傾げていると、ティルナが「うん、確かに〝歌〟は大事」と説明してくれる。

「わたしたちのような人魚やエルフなんかの亜人は、気になる人に〝歌〟をプレゼントするの。そしてそれを受け取った方もまた歌でお返事する。歌は感性の塊のようなものだから、お互いの相性を知るのにとても重要」

「な、なるほど……」

まあお付き合いをする上で相性は大事だからな。

たぶん何かメロディー的なものを贈るのだとは思うが、なんともロマンチックな風習である。

〝風〟を司るトゥルボーさまがそうしたことを求めるのもわかる気がするな。

ただそうなってくると、俺も何か歌った方がいいということになるのだろうか。

でも〝歌〟と言われてもなぁ……。

二人で旅をしていた頃にエルマが口ずさんでいた変な歌くらいしか思いつかないのだが……。

うーん……、と俺が難しい顔で唸っていると、イグニフェルさまが困惑したように言った。

「そなた、あれだけ人の子を育てておいて今さら生娘のようなことを言うのだな。風格的にはすでに人妻ぞ？」

「だ、誰が人妻だ⁉　というか、貴様はいい加減早く服を着ろ⁉」

ずびっと力の限り指を差されたイグニフェルさまは、未だに全裸のまま仁王立ちを継続中なのであった。

156章　男の甲斐性

　ともあれ、トゥルボーさまは引き続き説得するとして、問題はこの中で一番力の消耗(しょうもう)が激しいフィーニスさまだった。

　マグメルのおかげで傷自体は塞(ふさ)がったものの、主に精神面でのダメージが大きく、彼女は虚(うつ)ろな瞳(ひとみ)でベッドに横たわっていた。

　もちろんフィーニスさまには色々と言いたいこともあるが、それはぐっと堪(こら)え、俺はベッド脇(わき)にゆっくりと腰かける。

　すると、フィーニスさまの方から「彼女たちを助ける方法が見つかったのね……」と力なく声をかけてきた。

　なお、少し二人で話をしたいので、皆には少々距離をとってもらっている。

「ええ、そのとおりです。でも彼女たちだけではありません。俺はあなたのことも救おうと思っています」

「そう……。でもいいわ……。だって私にはもう何も残ってはいないもの……」

「力も、子どもたちも、そして赤ちゃんと過ごす未来すらも、全てあの亜人に奪われてしまった……。私にはもう、何もないの……」

そう絶望に打ちひしがれるフィーニスさまに、俺は「……一つ聞いてもいいですか？」と尋ねる。

「何かしら……？」

「俺の思い違いだったらすみません。でもきっとそうなんじゃないかなと思って。エリュシオンに同調された際、あなたは自ら力を奪われることを受け入れたんじゃないですか？」

俺の問いを聞いたフィーニスさまは、一度ちらりとこちらを見やった後、再び前を見据えて言った。

「どうしてそう思うの……？」

「それはもちろん、あまりにも〝簡単すぎた〟からです」

「簡単……？」

「ええ。いくら魔物の力を大量に取り込んだからといって、女神さまたちの力まで手に入れたあなたが本気で抵抗すれば、あの程度の拘束から逃れるのは容易いことだったはずです。けれどあなたはそうはしなかった。であれば考えられるのは一つしかありません。あなたは自分に同調してきた魔物たちの存在を拒みたくなかった。違いますか？」

「……」

俺がそう尋ねると、フィーニスさまはしばし沈黙した後、「ええ、そうよ……」と静かに頷いて言った。

「だってあの子たちは私の可愛い子どもたちだもの……。たとえ私をただの創造主だとしか思っていなくとも、たとえ私のことを愛していなくとも、あの子たちは私の生んだ可愛い子どもたちなの……。それを、一体どうして拒めるというの……？」

「そう、ですね……」

その子どもたちが皆敵に回ってしまったというのは、なんとも皮肉な話である。

いずれこうなる可能性を予期していたからこそ、フィーニスさまは自分自身の赤ちゃんをあんなにも欲しがっていたのかもしれないな。

そしてエリュシオンはそんなフィーニスさまの母性の強さを利用し、まんまとその力を得たというわけだ。

相変わらず狡猾というかなんというか……。

と。

「もういいでしょう……？　私のことは放っておいてちょうだい……」

そう言ってフィーニスさまは口を噤んでしまったため、俺は一人考えを巡らせる。

確かに力を奪われてしまった以上、彼女の企む方法で赤ちゃんを授かることは難しいだろう。

だが、今の彼女たちは身体こそエネルギー体ではあるものの、その存在は限りなく人に近いものになっている。

そもそもエネルギー体だって血は出るし食事もするからな。

イグニフェルさまも言っていたように、要は身体の構成要素が多少違うだけの話なのだ。

それが人間寄りになり、鳳凰紋章（フェニックスシール）も適用されるようになっている。

となれば、今の彼女たちには恐らく俺の力――〝スキル〟が通じるはずである。

そして俺は以前テラさまから一つの特別なスキルをもらっている。

あれを使えばフィーニスさまの願いだってきっと叶（かな）えてあげられるはずだ。

まあ問題はそうなるとやっぱり男として責任をとらないといけなくなるので、ほかの女子たちから色々と声が上がりそうだということなのだが……うん、もうこうなったらがっつり覚悟を決めてやるさ。

元々そのつもりで皆をお嫁さんにしてきたんだからな。

ぐっと拳（こぶし）を握り、俺はすでに死を待つだけのフィーニスさまにこう提案したのだった。

「あの、フィーニスさま。もしよかったらの話なんですけど、俺の〝嫁〟になりませんか？」

「えっ……？」

「「「「「「……はっ？」」」」」」

当然、ここにはいないエルマと、一人吹き出しているイグニフェルさまを除いた女子たち全員の目が揃（そろ）って丸くなったのだった。

唖然(あぜん)と佇(たたず)む女子たちにも聞こえるよう、俺ははっきりとした口調でフィーニスさまに告げる。

「もちろんこれにはきちんと理由がありまして、俺には《完全受胎(ガヴリエラ)》という特別なスキルがあります。これは任意のタイミングで相手を妊娠させることができるというもので、元来は人や一部の亜人(あじん)などが対象になるものなのですが、鳳凰紋章(フェニックスシール)が適用されるようになった今の女神さま方ならたぶん通じると思うんです」

「任意のタイミングで妊娠……？」

「ええ、そうです。つまりあなたの望む子どもを、俺はあなたに宿して差し上げることができるかもしれないんです」

「――っ!?　本当に……っ!?」

驚いたようにこちらを振り向くフィーニスさまに、俺は「はい」と大きく頷(うなず)いて続ける。

「もちろん実際に試したわけではないので確証はないのですが、それでも可能性は十分にあると思います」

「……本当に、信じてもいいの……？」

フィーニスさまが縋るような視線を俺に向けてくる。

その表情は今にも泣き出してしまいそうなほど弱々しく、そして儚げだった。

だがそれも当然であろう。

絶望の底で見つけた本当に一縷の希望なのだ。

もし万が一にもこれが叶わなかったなら、今度こそ彼女の精神は粉々に砕け散ってしまうことだろう。

ゆえに俺は彼女を安心させるべく、柔和に微笑みながら頷いた。

「はい、もちろんです。俺が必ずあなたに子どもを宿らせてみせます」

「よかった……。私の、赤ちゃん……」

まなじりに涙を浮かべ、フィーニスさまがとても嬉しそうに背を丸める。

そんな彼女の姿に俺も口元を和らげつつ、控えめに話を再開させる。

「それで先ほどのお話に戻るのですが……」

「私をお嫁さんにしたいというお話……？」

「ええ、そうです。その、子どもだけ作ってあとは知らんぷりというのはさすがにどうなのかなと思いまして……。それならきちんと責任をとるのが筋なのではないかなと……」

「そう……。私は別に構わないのよ……？」

「い、いえ、俺が構うというか、そこは一応男として譲れないところというか……」

俺が腕を組みながら難しい顔をしていると、フィーニスさまがふふっと久しぶりの笑顔を見せながら言った。

「あなたはやっぱり優しい子……」

「そ、そうですかね？　あはは……」

フィーニスさまの言葉を少々こそばゆく感じつつ、「ただ問題は……」と俺は後ろの方で控えている女子たちを一瞥して言った。

「フィーニスさまもご存じのとおり、俺にはすでに将来を誓い合ったお嫁さんたちがそこそこいらっしゃいまして……」

俺に視線を向けられた女子たちが揃って咳払いをしたり身だしなみを整えたりする。

ここにいるだけで六人と一柱、それからカヤさんと、アイリスもいずれお嫁さんにしてほしいと言っていた。

本気かどうかはわからないが、そうなると八人＋一柱――つまりは〝九人〟である。

いや、多すぎだろという感じがしなくもないが、まあ一夫多妻の人はそれなりにいるし、俺が色々と頑張ればいいだけの話だからな。

まあなんとかしてみせるさ。

と。

「ほう、ならばこの際だ——我もそなたに娶られてやるとしよう」

「えっ？」

ふいにイグニフェルさまがそんなことを言い出し、俺は鳩が豆鉄砲を食ったような顔になる。

すると。

——ごうっ！

「ちょっ⁉」

イグニフェルさまは不敵な笑みを浮かべながら再度衣服を燃え上がらせ、ぽんっと剝き出しになった自らの下腹部を叩きつつ、こう言ってきたのだった。

「何を驚くことがある？　我らはすでに契りを済ませ、この身体にもこれこのとおり鳳凰紋章が刻まれておる。ならば我らは疾うに夫婦ぞ」

「わ、わかりましたから早く服を着てください⁉」

てか、なんでいちいち全裸になるんだよ、この人⁉

いや、この神⁉

突如できた十人目のお嫁さんに、俺は内心鋭い突っ込みを入れていたのだった。

158章 愛されることを知った女神

ともあれ、なんとか生きる希望を取り戻してくれたフィーニスさまだったが、彼女に残された時間は残り僅(わず)かなため、俺は早々に彼女を別室へと連れていこうとする。

「――ちょっと待ってもらえるかしら?」

だがそこでザナから〝待った〟がかかってしまった。

彼女はどこか不服そうに腕を組み、ベッド上のフィーニスさまを見下ろして言った。

「その前にアイリスたちを含めたここにいる全員にきちんと謝ってほしいの。あなたにも色々と事情があったことは理解しているわ。でもやっぱり一言謝ってくれないと皆あなたを許せないと思うの」

「ザナ……」

確かに彼女の言うことはもっともだと思う。

ただ状況が状況ゆえ、フィーニスさまには消滅の危機を脱したあとに罪を償ってもらうつもりだったのだが……いや、でもそうだよな。

ザナやオフィールからしたら肉親を傷つけられたようなものなのだから、まずは謝罪が先だと言いたくもなるよな……。

「そうね……。確かにあなたの言うとおりだわ……。ごめんなさい……。本当に、ごめんなさい……」

弱々しく身体を起こし、〝終焉の女神〟とまで呼ばれたフィーニスさまが深く頭を下げて謝罪する。

そんな彼女の姿を無言で見据えていたザナの肩に、オフィールがぽんっと優しく手を添えて言った。

「もういいじゃねえか。とりあえずあいつらも無事だったんだしよ」

「あのね、無事ならいいとかいう問題じゃないの。というか、そういうあなたはどうなの？ アイリスたちとは違って、まだトゥルボーさまが必ず助かると決まったわけではないのよ？」

呆れたように問いかけるザナだったが、オフィールは「何言ってんだ」と笑って言った。

「――あたしらの旦那に助けられねえやつなんかいるわけねえだろ？」

「！」

それを聞いたザナは大きく目を見開いた後、「……わかったわよ」とそっぽを向いて言った。

「ただし回復したらアイリスたちにもきちんと謝ること。それがあなたを許す条件よ、フィーニスさま」

「ええ、わかったわ……」

こくり、と静かに頷いたフィーニスさまに、ザナは「まったく……」と恥ずかしそうに頬を膨らませていたのだった。

そんなこんなで話も一段落し、俺は当初の予定通りフィーニスさまを二階の別室へと連れていき、ベッドに寝かせる。

すると、フィーニスさまが身につけていたドレスをふわっと煙のように消失させて言った。

「じゃあどうぞ……。こういうことはよくわからないからあなたの好きにしていいわ……」

「えっと……」

そう言われると逆にやりづらいというか……。

とりあえず俺も服を脱ぎ、「……失礼します」とベッドに入る。

そして覆い被さるようにフィーニスさまの華奢でひんやりとした身体をぎゅっと抱き締めると、彼女もまた俺を優しく抱き返して言った。

「とても温かいわ……。こんなにも優しい温もりを感じたのはいつ以来かしら……」

「喜んでもらえてよかったです。フィーニスさまはその、凄くいい匂いがします。安心するというか……」

「そう……。そんなことを言われたのははじめてよ……」

やさしく頭を撫でてくれるフィーニスさまになんとも言えない母性を感じる中、俺は彼女の身体に回していた右腕を徐々に下方へと伸ばしていく。

正直、もっと丁寧に愛撫をしたい気持ちでいっぱいだったのだが、今は一刻を争う時である。ゆえに歯痒くも最短で鳳凰紋章を刻むべく、俺は彼女の秘所に触れる。

「あっ……」

ぴくり、と反射的にフィーニスさまの身体が反応したが、そこはまだ俺の一物を受け入れるには心許ない濡れ具合だった。

なので俺は彼女のもっとも敏感な突起をくちゅりと指で刺激しながら、そのか細い首筋に唇を這わせる。

「んっ……あっ……」

〝こういうことはよくわからない〟と言っていたが、感度の方はかなりよさそうである。

これなら少し刺激しただけで準備も整うことだろう。

そう確信した俺は、先ほどから可愛らしく屹立していた桃色の乳首に優しく吸いつく。

「は、あっ……な、なんだかおかしいわ……あっ……」

俺の頭をぎゅっと抱え込み、フィーニスさまがびくびくと快感に身悶えする。

「はあ、はあ……んっ……ちゅっ……」

そんな中、ふいに彼女と視線が重なり、俺たちは自然に唇を重ねる。

最初こそ啄むような感じだったものの、気づけば俺たちは貪るように舌を絡め合っていた。

そしてその頃には秘所も滴るほどの潤いに満ちており、俺はすでにはち切れんばかりに怒張していた一物に満遍なく愛蜜を塗りたくる。

「ちゅっ、れろ……んっ……ちゅる……」

この状況で最早言葉はいらないだろう。

俺は流れに身を任せるようにずにゅりっと腰を落とし込む。

「んんっ!? あ、熱いのが入ってくる……っ!?」

ぎゅっと四肢で俺にしがみついてくるフィーニスさまを力いっぱい抱き返しながら、俺は蜜壺の奥まで一気に一物を突き入れる。

もちろん破瓜の痛みは俺が即座に癒やしているので、今彼女が感じているのは全開にした夜の王スキルによる凄まじい快感だけだ。

「こ、こんなの知らない……っ!?　ど、どうしてこんなに、気持ち、いいの……っ!?」

「ぐっ……。それは、俺があなたを愛しているからです……っ」

「わ、私を……?　んっ……ほ、本当に……愛して、くれるの……?」

縋るようなその問いに、俺は腰を動かしたまま大きく頷いて言った。

「はい、愛します……っ。だから俺の愛を、受け取ってください……っ」

「ええ、ええ、もちろんよ……。あっ……き、来て……私の可愛いあな、た……ん、んんんんんんんんんんっ!?」

その瞬間、フィーニスさまの蜜壺がきゅうっと収縮するように締まり、急激に駆け上がってきた射精感の赴くまま、俺は彼女のもっとも深い場所に大量の精を解き放った。

「ぐ、う……」

力を失ったとはいえ、相手が女神さま五柱分に相当する方だからなのか、それとも俺の精の量が増えたからなのかはわからないが、先日のマグメルの時同様、蜜壺からぶちゅりと白濁液が溢れてくる。

すると、フィーニスさまが「ああ、嬉しい……」と涙ながらに優しく俺を抱き締めて言った。

「ずっと私の側にいてね……。絶対に、私を一人にしないでね……」

「ええ、もちろんです。だからフィーニスさまもずっと俺の側にいてください」

「ええ、いるわ……。ずっと、ずっとあなたの側にいるわ……」

その瞬間、じゅわりとフィーニスさまの下腹部に鳳凰紋章（フェニックスシール）が刻まれる。

正直、五等分されている女神さまたちよりも存在的な位（くらい）が上なので、きちんと鳳凰紋章（フェニックスシール）が刻まれるかどうか心配だったのだが、どうやらそれはただの杞憂（きゆう）だったらしい。

それからしばらくの間、俺たちはぎゅっと互いの温もりを感じ合いながら、事後の余韻（よいん）に浸（ひた）り続けていたのだった。

そうして俺たちは皆のもとへと戻ってくる。

連れていく時はお姫さま抱っこで運んだフィーニスさまも、今はしっかりとした足どりで俺の隣に並んでいた。

並んではいたのだが、

「……で、お前たちはいつまでそうやってくっついているつもりだ？」

「え、えっと……」

威圧感（いあつ）強めなアルカの問いに、俺はちらりと隣のフィーニスさまを見やる。

「なあに……？」

「い、いえ……」

彼女は頰を桜色に染め、可愛らしく小首を傾げながら俺と腕を組み続けていた。

どうやら周りの目などまったく気にしていないらしい。

だがそれで皆が納得するはずもなく……。

「あの、ほかの女神さま方の治療もありますので、とりあえずアルカディアさまの言うとおり、一度イグザさまから離れていただけますか？」

笑顔を引き攣らせつつも、努めて冷静にマグメルがそう促す。

が。

――すっ。

フィーニスさまは「嫌……」と俺の後ろに隠れ、怯えた様子でこう言ってきた。

「あの子たちが私をいじめるわ……。怖い……」

「「……（イラッ）」」

どの口が言ってんだこのババアみたいな顔をするアルカたちに、俺も思わず顔を伏せる。

そりゃ先ほどまで〝終焉の女神〟と呼ばれていた人がこんなにもしおらしくなってしまったのだ。

困惑……という感じの顔ではないが、そういう反応にもなるだろう。

だがもちろんこのキャラの変化には理由がある。

その答えに関しては、俺たちよりも少しばかり人生経験の豊富なシヴァさんが「なるほど」と頷ける説明をしてくれた。

「今まで誰からも愛されたことのなかったあなたにとって、イグザとの営みは思わず性格が変わってしまうほど衝撃的な出来事だったというわけね？」

「ええ……。私、もう彼を放さないわ……」

ぎゅっとフィーニスさまが俺の背中にしがみついてくる。

そう、魔物を生み出した彼女は人々から憎まれることはあっても愛されることはなく、その魔物自身からも創造主としか認識されなかったため、誰かに愛されるということがなかったのである。

もちろんオルゴーさまはフィーニスさまのことを大事に思っていたのだろうが、結果的に彼女は自分の生み出した人や亜人の味方になってしまったため、より一層孤独に陥ってしまったのだ。

そうして永劫に続く時を独りぼっちで封印され続けてきたフィーニスさまに、はじめて〝愛〟というか、〝温もり〟をがっつり与えてあげたのが俺だったわけで……。

「約束よ……？　ずっと私の側にいてね……？」

「は、はい……」

まあこうなってしまったわけですね……。

と、そんなハプニングがあったものの、フィーニスさまも事の緊急性はきちんと理解しているらしく、ほかの女神さま方を助けないといけないのでと優しく伝えたところ、「わかったわ……」と素直に身を離してくれた。

私も同じことを言ったのですが……、と半眼を向けてくるマグメルを見事にスルーし、フィーニスさまは先ほどまで自分が寝かされていたベッド脇にちょこんと腰を下ろす。

とにもかくにも、トゥルボーさまはまだ説得中なので、次はテラさまかシヌスさまだ。

できれば優先度の高い方を先に選びたかったのだが、そこでまさかの申し出がテラさまから出される。

「私たちは元々一つの存在です……。であれば何も気にすることはありません……。あとに控えているトゥルボーのためにも二柱同時に契りを行ってください……」

「えっ!?」

二柱同時!?　と驚く俺に、シヌスさまも頷く。

「ええ、私もテラの意見に賛成です……。私たちに残された時間がわからない以上、それが最善の策……。人の子よ、どうか決断を……」

「そ、そう言われましても……。というか、お二方は本当にそれでいいんですか……？」

俺が控えめに問いかけると、彼女たちは揃ってこくりと頷いた。

ならばその思いを無下にするわけにもいかないだろう。

正直、時間を短縮できるのはありがたいからな。

それだけ全員を救える可能性が上がるわけだし。

「……わかりました。では申し訳ありませんが、お二方のお相手を同時に務めさせていただきます」

と。

――がしゃんっ！

「「「「「「「「「「「？」」」」」」」」」」」

ふいに何かを落としたような音が室内に響き、俺たちは揃って音のした方を見やる。

「な、なん、ですと……っ!?」

そこにいたのは、持っていた桶を手から滑り落とし、わなわなと両目を見開いているポルコさんだった。

《聖女パーティー》エルマ視点48：いや、一期一会じゃないわよ……。

「こ、こんな不公平なことがあっていいんですかぁ～!? 私ゃあ悲しいですよぉ～!?」

おーいおいおーい、と泣き喚(わめ)きながら、豚(ぶた)が空(から)のグラスを手に食堂のテーブルに突っ伏す。

正直、鬱陶(うっとう)しいことこの上ないのだが、まあ豚が嘆(なげ)く気持ちもわからなくはない。

何故(なぜ)なら二階の一室では、今まさにイグザと女神さま方がお取り込み中だからである。

この非常時に一体何を考えているのかという感じだが、なんでも鳳凰紋章(フェニックスシール)だかで女神さま方を救えるらしく、しかも時短のためにテラさまとシヌスさまを同時にお相手することにしたのだとか。

言わずもがな、どちらも豚の好みである癒(いや)し系の巨乳美女だ。

そりゃまあ大本命のマグメルにもフラれている豚からしたら、一人くらいこっちに回してくれと言いたくもなるだろう。

てか、あの怖い女神もすでにイグザに抱かれ済みらしいんだけど、もしかしてあいつってあたしが思っているよりもずっと大物なんじゃないの……?

普通あんな怖い女神を抱こうなんて気にならないでしょうし……。

いや、そりゃ確かにおっぱいは大きかったけど……。

と。

「まああれじゃ。とりあえずこれでも飲め。飲んで忘れるのじゃ」

とぽとぽと隣のナザリィが豚のグラスにお酒を注ぐ。

一応幼馴染みとして彼を気遣っているらしい。

「うぅ、ありがとうございますぅ～……」

──ちらりっ。

「……はあ」

「おい、おぬし。今どこを見て落ち込んだ？」

だがやはり豚を癒やせるのは大きなお胸以外にないらしく、ナザリィの慎ましやかなお胸を見た豚はしょんぼりと陰鬱そうな顔をしていた。

他人事ながらまったく失礼な話である。

──ぼんっ！

あまりにも失礼すぎて思わず胸部の防御壁が発動してしまったくらいだ。

「いや、次は自分が見られるかもと偽乳を膨らませるでないわ」

「べ、別にそんなんじゃないし⁉」

てか、〝偽乳〟って何よ⁉

半眼のナザリィにあたしが声を張り上げて反論していると、「ところで」とこの場にいたもう一人の人物が不思議そうに小首を傾げて言った。

「どうしてわたしも呼ばれたの？」

そう、ティルナである。

どうしても何も、あたしとナザリィ、そしてティルナが同席しているのだ。

理由など一つしかあるまい。

「いや、今こやつにデカ乳を見せるのは酷かと思ってのう」

「ちょっと待って。わたし、そんな理由で呼ばれたの？」

当然、納得のいかなそうな様子のティルナだが、それはあたしも同じだった。

慎ましやかなお胸で安心させたいのなら、別にあたしたちがいる必要はないでしょうが。

あんた一人で十分事足りるわよ。

まあそれを見せた結果、がっつりため息吐かれてたんだけど。

「てか、どうせもうすぐ巨乳だらけの島に行けるんでしょ？　なら別にいいじゃない」

色々あって遅れていたが、後ほど豚とナザリィはミノタウロスの島へ復興のお手伝いに行くのだ。

ならばたとえ今好みのお胸がイグザのものになっていたとしても、向こうでお手頃なのを探せばいい——そうあたしは思っていたのだが、「な、何を仰(おっしゃ)っているのですか!?」と豚は泣きながらこう猛抗議してきたのだった。

「——お、お胸との出会いは一期一会(いちごいちえ)なのですぞ!?」

「「「……」」」

いや、知らないわよ。

だったらあたしたちのお胸にも敬意を払いなさいよ、敬意を。

(大きな)お胸との出会いを熱く語る豚を、当然あたしたち三人は氷点下の眼差(まなざ)しで見据(みす)えていたのだった。

159章　風の女神は決意する

時は少々遡り、テラさまたちを別室へと移動させたあとのこと。

俺は彼女たちの緊張を少しでもほぐすべく、まずは一糸纏わぬ姿になったお二方に腕枕をしながら添い寝していた。

もちろん時間がないのは重々承知しているのだが、女神であるということを除けば彼女たちは普通の女性である。

それが命の危機とはいえ、好きでもない男と身体を重ねなければならないどころか、双方揃って未経験ともなれば、当然心中穏やかではないだろう。

ゆえに僅かでも心が安らげばと俺は彼女たちの頭を優しく撫で続けていたのだ。

そんな最中のことである。

ふいにテラさまが「……なるほど」とどこか嬉しそうに言った。

「何故フィーニスを含めた私の半身たちがあなたに娶られようとしたのか、今ならわかる気がします。皆、この温もりを求めていたのですね」

「えっ？」

「正直、私は懸念を抱いていました。たとえ契りを交わしたとしても、あなたに対して〝女神〟としての愛しか持たない私に鳳凰紋章が刻まれることはないのではないかと。恐らくシヌスも同じ懸念を抱いていたと思います。何故なら我らは女神。その愛は決してただ一人に対してだけ向けてよいものではないからです」

「……」

「ですがその、こうしてあなたに抱かれ、その温もりを感じて思いました。もし女神である私にたった一つだけわがままが許されるのなら、できるだけ長くこの温もりを感じていたいと」

ふふ、ダメな女神さまですね、と自嘲の笑みを浮かべるテラさまに、俺は「いえ」と首を横に振って言った。

「そんなことはありません。皆の幸せを願い続けている女神さまが自分の幸せを願っちゃいけないなんて、そんな理不尽な話があっていいはずがない。俺は女神さまたちにも幸せになってほしいんです。人々の幸せだけでなく、自分の幸せの中でも笑顔になってほしいんです」

「イグザ……」

「以前、イグニフェルさまと契りを交わした際、彼女は俺にこう言いました。自分たち女神は身体を構成する物質が違うだけで、基本的には人とほとんど変わらないと。だから人と交わることができるのだと。それはつまりたとえ女神さまであったとしても、〝誰かを愛して構わない〟ということなのではないでしょうか？　オフィールを愛したトゥルボーさまのように」

「それは……」

「気を悪くされたらすみません。傲慢なのもわかっています。でも俺は思うんです。ただの人であったはずの俺が今こうしてここにいるのは、女神であるあなたを幸せにするためなんだって」

「――っ!?」

その瞬間、テラさまの顔がかあっと真っ赤に染まる。

そして彼女は恥ずかしそうに俺から視線を逸らして言った。

「まったくあなたという子は……。そのようなことを真顔で言うなんて……」

「あ、あはは、すみません……」

もう……、と顔を伏せてしまったテラさまを愛らしく思いつつ、俺はシヌスさまにも視線を向けて言う。

「もちろんあなたもです、シヌスさま。どうか俺にあなたを幸せにする権利をください」

「ふふ、よもや女神である私が人の子に口説かれようとは思いませんでした。そしてその口説き文句に心を動かされている私自身にも驚きです。〝前向きでめげない心が聖女たちを惹きつける〟――以前私はそうあなたに告げましたが、どうやら私の見立ては正しかったようですね」

「じゃあ……」

「ええ、いいでしょう。きっとそれが我らの運命なのだと思います。何せ、あなたはあの〝終焉の女神〟の心ですら解かしてみせたのですから」

そう微笑むシヌスさまに、俺もよかったと安堵の気持ちでいたのだが、

「……ただし一つだけ条件と言いますか、お願いがあります」

「はい、なんでしょうか？」

小首を傾げる俺を、彼女はどこか恥ずかしそうに、しかし妖艶に上目遣いで見て言った。

「私はその、どうやら少々嫉妬深いようなのです。なのでどうか愛が途切れぬようにしてくださいね」

「わ、わかりました！　なら全身全霊を以て頑張らせていただきます！」

「ええ、期待しています」

ふふっと嬉しそうに微笑んだ後、「では……」とシヌスさまが身体を起こして言った。

「先にあなたの精を少しいただいておきましょう。今のままでは満足に契りを交わすのは難しそうですからね」

ちらり、とシヌスさまがテラさまを見やると、彼女もまたゆっくりと身体を起こして言った。

「……その、こういうことははじめてゆえ、あまり上手くはないと思いますが、笑わないでくださいね……」

「えっ？　――ちょっ!?」

呆ける俺の目の前で、テラさまがはむっと一物を咥える。

「んんっ!?」

その瞬間、半勃ちだった一物が瞬く間に剛直化し、堪らず口を離したテラさまが「こんな大きく……凄い……」と蕩けたような表情になる。

「……んっ……じゅるっ……れろ……」

すると、今度はシヌスさまが一物に舌を這わせて言った。

「……ふふ、そういえばあなたは私の胸をよく見ていましたね。ではこういうのはどうでしょうか?」

――むにゅっ。

「うおっ!?　し、シヌスさま!?」

自慢の巨乳で一物を包み込むシヌスさまに俺が身悶えしていると、テラさまもまた逆側からその巨乳を押しつけて言った。

「……どうですか?　んっ……私の胸は、気持ちいいですか……?」

「て、テラさま……っ」

両側からおっぱいで扱き上げ、さらには揃って舌を這わせてくるという視覚的にも圧倒的な快感を我慢することなど到底できるはずもなく……。

「うっ……」

「「！」」

ぱんぱんに充血した一物の先端から噴水のように白濁液が飛び散り、女神さま方の身体が俺色に染まる。

「あぁ……なんて熱い……」

「ふふ、凄い量ですね……」

ぺろっと互いに俺の精を取り込んだ後、女神さま方は上気した顔でこちらを見やりつつ、おっぱいを強調するように持ち上げて言った。

「「……さあ、どちらから召し上がりますか……？」」

「……っ！」

その瞬間、俺の一物が一層はち切れんばかりに反り勃ったのは言うまでもないだろう。

◇

「ああっ♡　は、あっ♡　んっ♡　あっ♡　あっ♡　ああっ♡」

三つ編みだった髪をざんばらに振り乱し、その豊かなおっぱいを上下左右に暴れさせながら

俺の上で激しく腰を振るのは、すでに下腹部に鳳凰紋章が刻まれたテラさまだった。

「んっ……れろ……ちゅるっ……」

そんな彼女の艶姿を視界に捉えつつ、俺はシヌスさまと貪るような口づけを交わす。

彼女の下腹部にもすでに俺の紋章が刻まれており、消滅の危機は疾うに過ぎ去っていたのだが、俺たちは今だにまぐわいを続けていた。

というのも、トゥルボーさまが未だ元気に断固拒否姿勢を貫いているらしく、イグニフェルさま経由でオフィールから〝もう少し説得する時間がほしい〟と言われてしまったのだ。

恐らく〝死〟を司る女神さまゆえ、消滅への抵抗力が一番強いのだろう。

それを聞いたのがちょうどお二人目……つまりはテラさまに鳳凰紋章を刻んだ時だったため、そういうことならと続きをせがまれてしまったというわけだ。

「……凄くいやらしいです、テラさま」

「嫌……。そんなはしたないことを言わないでください……あっ♡」

「でもあなたの蜜でシーツがぐちゃぐちゃです。ほら」

「ち、違います……あっ……そ、それはあなたの精が溢れただけで……んんっ♡」

びくびくと快感に打ち震えながらも、テラさまが達するのを必死に堪える。

まだ心のどこかで恥じらいというか、快楽に対して素直になれていないのだとは思うが、それではあまりにももったいない。

ゆえに俺はそのコケティッシュに屹立していた桃色の乳首をきゅっと優しく摘まんでやった。

「――ひあっ!?　い、いけませんそんな……む、胸は……だ、だめぇ……あ、ああああああああああああああああああああああああああああっっ♡」

「ぐ、う……っ」

がくがくと背筋を反らしながらテラさまが激しい絶頂を迎え、同時に収縮した蜜壺の凄まじい快感に俺もまた大量の精を解き放つ。

「あ、あぁ……」

「おっと」

そのまま力なく倒れ込んできたテラさまを俺は片手で受け止めつつ、ベッドの上にぽふりと寝かせてやる。

やはりというか、テラさまはマグメルほどではないにしろマゾの気質があるようだ。

「……もう、ダメって言ったのに……」

枕で顔を隠しながらテラさまが恨めしそうにそう言ってくる。

「……イグザ？　な、何を……んっ……ちゅっ……」

そんな彼女の姿がこの上なく愛らしくて、俺は堪らず唇を奪ってしまった。

「……可愛いです、テラさま」

「あ、あなたはまたそうやって……。もう知りません……」

くるりと恥ずかしそうに背を向けてしまったテラさまに、俺が（やっぱり可愛いなぁ……）とにんまりしていると、

「もう、テラばかりずるいです……。私も可愛がってください……」

今度はシヌスさまが俺の上に跨がってくる。

なので俺は「ええ、もちろんです」と上体を起こしながら頷き、向かい合うようにして彼女の桃尻を両手で鷲摑みにする。

そして。

「——はあんっ♡　あ、あなたの太いのが入ってきます……ああっ♡　き、気持ちいいっ♡」

俺はシヌスさまを持ち上げ、そのまま剛直で彼女の蜜壺を貫いた。

「あっ♡　やっ……あっ♡　あっ♡　あっ♡　ああんっ♡」

ぎゅっと俺の頭を両腕で抱え込んでくるシヌスさまのおっぱいを一心不乱にむしゃぶりつつ、俺は彼女と激しく腰をぶつけ合う。

その度に蜜壺から愛蜜と白濁液の混ざった液体が飛び散り、室内に淫靡な香りを漂わせていく。

「！」

そんな俺たちの熱に当てられたのか、そっぽを向いていたはずのテラさまが後ろから俺にしなだれかかってきて、切なそうな視線を向けてくる。

ゆえに俺は彼女たちを並べてベッドに寝かせたかと思うと、

「「……あ、はあああああああああああああああああああああんっっ♡」」

交互に怒張した一物を突き入れ、同時に幾度も絶頂へと導いてやったのだった。

「悪い、思ったよりも時間がかかっちまった。トゥルボーさまは？」

そう問いかけつつ、俺は皆の待つ大部屋へと足を踏み入れる。

もちろんその後ろに続くのはどこか恥ずかしそうに頰を染めているテラさまと、同じく伏し目がちで赤い顔をしたシヌスさまだった。

どうやら色々と冷静になったらしく、揃ってなんてはしたないことを、と先ほどから赤面が治まらないようだ。

彼女たちがそそくさと自分のベッドへと向かっていく中、今の今までトゥルボーさまの説得を続けていたらしいオフィールが肩を竦めて言った。

「いや、無事っちゃ無事なんだけどよ。相変わらず〝段階を踏め〟ってうるせえんだこれが」

「う、うるさいとはなんだ⁉　わ、我はただ男女の営みはその場の勢いに任せてよいものではないと言っているだけだ⁉」

「……なあ？」

「う、うーん……」

確かにトゥルボーさまの言いたいこともわからなくはない。

俺だって真面目(まじめ)な恋愛ごとならきちんと段階を踏みたいとも思う。

まあうちのお嫁さんたちに関しては聖女や女神さまという特殊な方々が多いせいか、結構段階をすっ飛ばしてきたんだけどな……。

戦闘がデートみたいなものだったし……と、それはさておき。

とにもかくにも今は非常時だ。

命の危機が迫っている以上、できれば決断してほしいと思うのだが……。

「だ、大体お前はそれで本当によいのか⁉　仮にも母同然の女が自分の男と肌(はだ)を重ね、あまつさえ娶られるやもしれぬのだぞ⁉」

「あー……」

トゥルボーさまの言葉を聞き、オフィールが一瞬天井を見上げる。

が。

「まあいいんじゃねえか？」

「何っ⁉」

あっけらかんとそう言い放ったオフィールに、トゥルボーさまは割と素(す)でショックを受けているようだった。

　だがそんな彼女に、オフィールはにっと歯を見せながら笑いかける。

「だってそれであんたの命が助かるんだろ？　ならあたしは別に構わねえよ。それにイグザならぜってえあんたを幸せにしてくれる。あたしはさ、あんたに幸せになってもらいてえんだ」

「お前……」

「へへっ♪　だからさ、一生に一度のお願いだ。――頼むよ、〝母ちゃん〟」

「！」

　トゥルボーさまにとっても今のは不意打ちのようなものだったのだろう。

「くっ、この状況で母呼ばわりとは卑怯な……っ」

　ぐぬぬと唇を嚙み締めた後、彼女はこれ見よがしに大きく嘆息する。

　そして顔を上げるなり、決意を秘めたようにこう声を張り上げた。

「――いいだろう。不本意ではあるが、馬鹿娘の献身を無下にするわけにもいかぬ。ゆえにこの身は貴様に預けてやろう。だが勘違いするな、人間！　我が身に触れる以上、この女神トゥルボーを満足させられなかったその時は――貴様を百八の肉片に引き裂いてやるからな！」

「わ、わかりました！　なら俺も全力でお相手を務めさせていただきます！」

　そういえば前にも同じようなことを言われたことがあったなと懐かしく思いつつも、俺は力強く頷いたのだった。

余談だが、後ろの方でオフィールが「いや、全力はやめた方がいいんじゃねえかなぁ……」と何やら忠告してくれていたようなのだが、その時の俺にはまったく聞こえていなかったのだった。

そうしてイグザたちが別室へと移動したあとのこと。

「やっとトゥルボーさまの説得が終わったみたい。今は二階の別室で治療中だってザナが言ってた」

一人皆の様子を見に行っていたティルナがエルマたちのもとへと戻ってくる。

するとすでに大分酔いの回っていたポルコがやはり泣きながら言った。

「つまりもうあのお二方はイグザさまのものになられてしまったというわけですね……。そしてトゥルボーさまも今まさに……ぐすんっ。こ、こんなのもう〝NTR〟じゃないですかぁ～⁉」

「「「……」」」

いや、NTRも何もそもそもお前のものじゃないだろ……、と三人は揃ってそう思ったが、言うと面倒そうなのであえて何も言わなかったのだった。

　というわけで、「なんという屈辱だ……っ」と上掛けで生まれたままの身体を隠すトゥルボーさまの横に腰かける感じでベッドに入った俺は、とりあえず彼女の緊張を解すため、まずはとりとめのない話で場の雰囲気を和ませることにした。

「え、えっと、その……お、お身体の方は大丈夫ですか？」

「……黙れ。殺すぞ……っ」

「……はい」

　ぜ、全然和む気配がない……、と顔を引き攣らせる俺だが、それでは話が進まないのでめげずに次の話題を振る。

「そ、そういえばトゥルボーさまのお顔をきちんと拝見させていただくのははじめてだったと思うのですが、そんなにお綺麗なのにどうしてお隠しに……？」

「……ふん、別に大した理由などはない。その方が〝死〟を司る神として相応しいと判断したまでのことだ」

「なるほど。トゥルボーさまのことですから、てっきり子どもたちを怖がらせないようにするためなのかなと思っていたのですが、そういう理由だったんですね」

「……と、当然だ」

微妙に声を上擦らせながらトゥルボーさまがそっぽを向く。

その横顔はどこか恥ずかしそうに赤みを帯びており、思わず俺の口元にも笑みが浮かぶ。

恐らくオフィールを育てている時くらいから彼女に気を遣って顔を隠し始めたのではないだろうか。

なんだかんだ言いつつもめちゃくちゃ優しい女神さまだからな、この人。

「……おい、何をにやにやと笑っている？　殺すぞ」

いや、まあ口はすげえ悪いんだけど。

「いえ、オフィールの母があなたで本当によかったなと」

「──なっ⁉　き、貴様、わ、我に本気で殺されたいようだな⁉」

真っ赤な顔でそう凄んでくるトゥルボーさまだが、俺にはもう彼女がただただ可愛く見えて仕方がなかった。

ゆえに、

「──ひゃうっ⁉　お、おい、何をしている⁉　わ、我に触れるでない⁉」

俺は彼女の華奢な身体をぎゅっと抱き締めて言った。

「すみません、なんか凄く可愛かったもので……」

「か、〝可愛い〟だと!?　き、貴様、我を愚弄する気か!?」

「いえ、そんなつもりは……。確かにいつもの威厳に溢れているトゥルボーさまも凛々しくて素敵ですけど、こうやって恥じらっているあなたも凄く魅力的だなと」

「だ、だとしても〝可愛い〟とはなんだ!?　わ、我は〝死〟を司る神だぞ!?　そ、その我のどこをどう見たら〝可愛い〟などと寝言を抜かすことができる!?」

「いや、どこをどう見たらって……」

　そこでゆっくりと身体を離した俺は、今だ赤い顔のトゥルボーさまを真正面から見つめて言った。

「え、めちゃくちゃ可愛いですけど……」

「～～っ!?」

　その瞬間、トゥルボーさまの顔がいちだんと赤みを増す。

　そして彼女は「き、貴様……っ」と唇を噛み締めた後、俺から視線を逸らして言った。

「よ、よくもオフィールの母代わりである我にそのような歯の浮く台詞を吐けるな……っ。き、貴様には節操というものがないのか……っ」

「はは、すみません。でも今の俺はあなたを〝オフィールの母〟ではなく〝女神トゥルボー〟という一人の女性として見ています。ならやっぱり可愛く見えちゃうじゃないですか」

「だ、だから我を〝可愛い〟とか言うな!?　ほ、本当に殺すぞ貴様!?」

「ええ、構いません」

「何っ!?」

「でも今の俺はそう簡単には殺せないので、あなたが俺を殺せるその日まで、俺にあなたを幸せにさせてください」

「〜〜っ!?」

ぼんっとついにトゥルボーさまの顔が茹で上がり、「……くっ、んん〜……くぅ〜……っ」と声にならない声を出しながら両手で顔を覆ってしまう。

本当に可愛い女神さまだなぁ……、と俺が温かい気持ちになっていると、ふいにトゥルボーさまがベッドに仰向けに倒れ込んで言った。

「もうよい……っ。さっさと我を抱け、この馬鹿者が……っ」

「は、はい、わかりました」

頷き、俺は前言通り全力で彼女を満足させるべく、「では失礼して……」と上掛けの中に潜り込む。

途端に俺の鼻腔をふわりとくすぐったのは、嗅ぎ慣れたメスの香りだった。

「……？　おい、貴様一体何を……いひぃっ!?」

そのままトゥルボーさまの下腹部に顔を埋めた俺の頭を、彼女の両太ももががっちりと挟み込む。

「やっ……ちょ、ちょっと待て!?　き、貴様一体どこを舐めて……んああっ!?」

びくんっ、とトゥルボーさまの腰が浮き、頭の拘束が一瞬だけ解ける。

だが俺は気にせずその豊潤な愛蜜の滴る秘所に舌を這わせ続けた。

「く、あっ……や、やめ……そ、そこは舐めるところじゃ……ふああっ!?」

右に左に身体を捩りながら、トゥルボーさまが快感に身悶えする。

おかげで上掛けがはだけ、彼女のしっとりと汗ばんだ肢体が白日の下に晒される。

トゥルボーさまは〝やめろ〟と口にしているのだが、その両手は俺の頭をしっかりと下腹部に押さえつけており、むしろ俺には〝続けてほしい〟とすら聞こえていた。

「や、やめ……本当に……あっ♡　ま、待て!?　な、何かおかしい……あっ♡　な、何かが駆け上がって……あっ、んんっ……あっ!?　あっ!?　あああああああああああああああああああああああああっ♡」

ぷしゃあっ!　とふいにトゥルボーさまが背筋を反らし、透明な液体を秘所から勢いよく飛び散らせる。

恐らくははじめて絶頂を迎えたのだろうが、まさかいきなり飛び散らせるとは思わなかった。

俺の力が上がっているのか、それとも彼女が感じやすい体質なのか……。

どちらにせよ、頭からそれを被ってしまった俺は、ぼうっと全身を清浄化させてからトゥルボーさまに覆い被さる。

　さすがにあの状態で密着されるのは彼女も嫌だろうからな。

　全然汚いわけではないのだが、念のための清浄化だ。

「き、貴様……わ、我に何をした……？」

　絶頂の余韻(よいん)か、ぐったりと肩で息をしているトゥルボーさまに俺は微笑(ほほえ)んで言った。

「大丈夫です。それはただ気持ちよさが限界に達しただけですから」

「……限界に達した、だと……？」

「はい。なので安心してください。ご要望通りこれからさらにあなたを気持ちよくさせますので、きっとご満足されるはずです」

「ちょ、ちょっと待て……っ⁉　そ、それはつまり先ほどのあれがまた来るということか……っ⁉」

「ええ、もちろんです。気合いを入れて頑張らせてもらいますね！」

　俺が力強く頷くと、トゥルボーさまがどこか顔を青くさせて言った。

「い、いや、そんなに気合いを入れずとも……」

「いえ、曲がりなりにも生涯(しょうがい)愛し続けると心に決めた女性ですし、何よりオフィールの期待を裏切るわけにはいきませんからね。というわけで、全力でお相手させていただきます！」

「ちょ、ちょっと待て⁉　ま、まずは我の話を……あんっ♡　こ、こら、胸をそんな赤子のように吸うなど……んんーっ♡　はあ、はあ……だ、だから待てと言って……ん、ちゅっ……あっ♡　や、そんな大きいの入らな……あ、ああああああああああああああああああああああああっっ♡」

そうして俺はトゥルボーさまに極上の快楽を存分にプレゼントして差し上げたのだった。

「ふん、限りなく神に近い力を持つとはいえ、所詮は人間――口ほどにもなかったわ」

皆の待つ大部屋へと戻ってきて早々、ばっさりと酷評を下したのは、もちろんトゥルボーさまである。

さすがは厳格なことで知られる〝風〟と〝死〟を司る女神さまだ。

かなり激しめの処置を終えた直後だというのに、その表情や口調からは一切〝緩み〟といったものは感じられなかった。

感じられはしなかったのだが、

「いや、その人間に腰を抜かされ、愛娘に背負われる羽目になった状態で何を言っているのだ、そなたは」

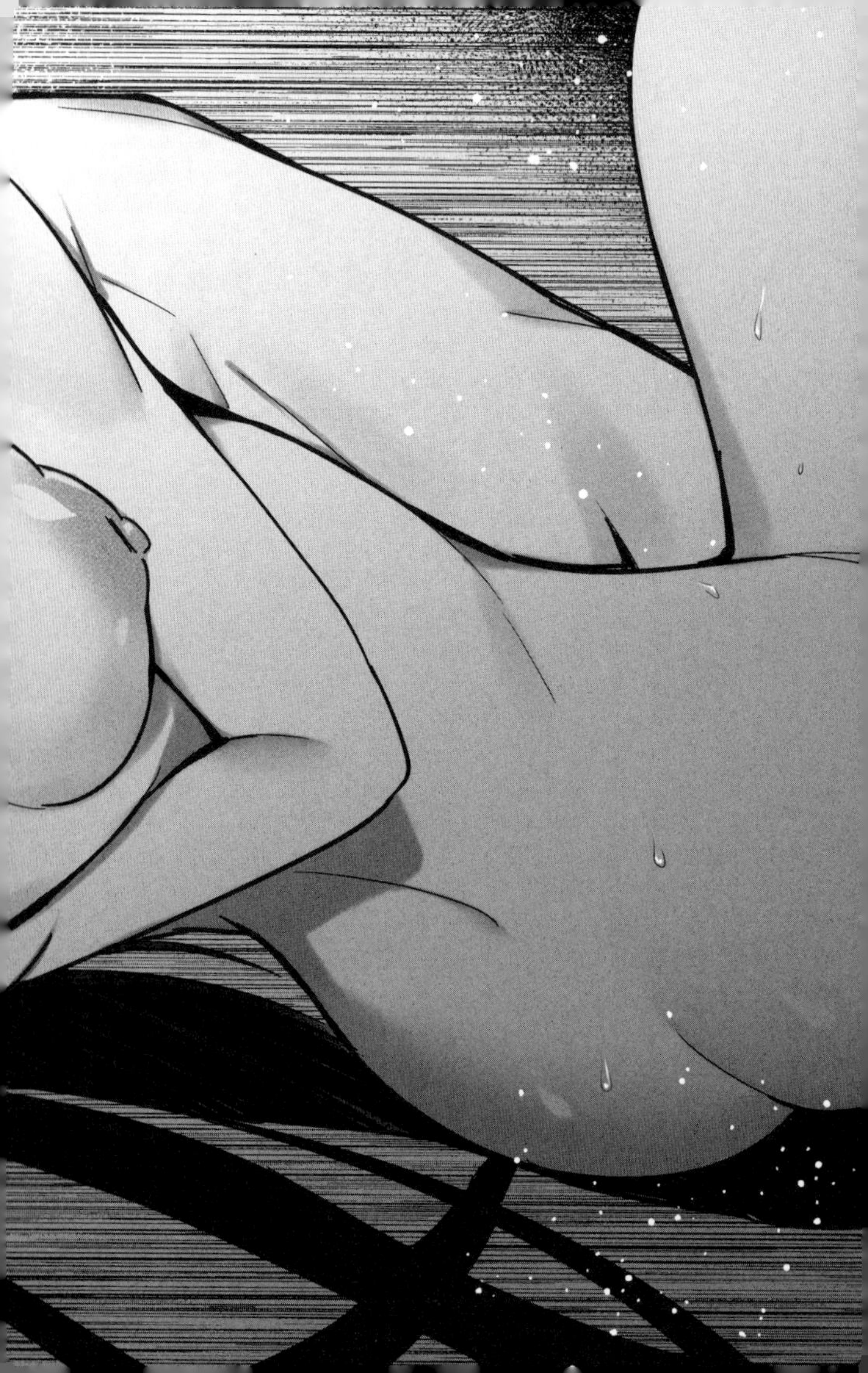

「……」

イグニフェルさまの突っ込みに、今まで冷静を装っていたトゥルボーさまの顔がかあっと赤く染まっていく。

そう、口ではああ言っていたトゥルボーさまだったが、現在の彼女はちょこんっとオフィールに背負われている状態だったのである。

「「「「「「「「「「……」」」」」」」」」」

「～～っ⁉」

じー、と全員から無言の視線を向けられること数秒ほど。

ついに耐えられなくなったらしいトゥルボーさまは、「だ、黙れこの尻軽女⁉」と力の限りにイグニフェルさまを指差して声を荒らげ始めた。

「だ、大体なんなのだこの人間は⁉　あ、あんなものたとえ淫魔のメスであろうとも耐えられるはずなかろう⁉　むしろこの男自身が淫魔なのではないかと途中から勘繰ったぐらいだわ⁉」

「ええっ⁉」

ちょ、そんな風に思われてたの⁉

俺、すんげえ頑張ったのに……。

まさかの淫魔呼ばわりに俺ががっくりと肩を落としていると、イグニフェルさまが「はっはっはっ！」と鷹揚に笑って言った。

「〝淫魔〟とはまた言い得て妙なことを。よほどよき契りであったようだな」

「よ、よいことなど何もないわ!?」

「クックックッ、だが〝満足させろ〟と煽ったのはそなたの方であろう？　ならば自業自得というものぞ？」

「そ、それは……。だ、だが誰もあそこまでやれとは言っておらぬ!?　お、おかげで我はあんな……あんな……っ!?」

～っ!?　と何かを思い出したらしく、トゥルボーさまが愕然として真っ赤になった顔を両手で覆う。

「……ぷっ」

そしてそんな彼女の様子に、イグニフェルさまは笑いが止まらなそうなのであった。

「笑うなーっ!?」

◇

とにもかくにも、これで全員に鳳凰紋章が刻まれ、女神さまたちに迫っていた危機は回避できた。

それは純粋に嬉(うれ)しく思うのだが、問題はエリュシオンのことである。

今や創世(そうせい)の神となったあの男を止めるには、やはりそれに比肩(ひけん)する力が必要不可欠であろう。

そう、聖女武装(スペリオルアームズ)の究極形——聖女七人による〝同時融合(ゆうごう)〟だ。

だがそのためにはエルマにも鳳凰紋章(フェニックスシール)を刻まねばならない上、さらにはエリュシオンによって砕(くだ)かれてしまった神器(じんぎ)——つまりは〝剣〟の聖神器(せいじんぎ)についてもどうにかしないといけないのだが、神器は元々フィーニスさまが生み出したものだからな。

彼女も「私が直すから大丈夫……」と微笑んでくれていたので、それに関しては問題ないと思うし、俺たちもそのつもりでいた。

が。

「えっと、なんか普通に浄化できちゃったんだけど……」

「「「「「「「ええ……」」」」」」」

というように、エルマが試しに聖剣を近づけてみたところ、普通に折れていた神器ごと聖神器に昇華(しょうか)できてしまったらしく……。

「なんで、勝手に直したの……っ？　私が直して、あの子に、いっぱい愛してもらうはずだったのに……っ」

「ひ、ひぃぃ～!?　ご、ごめんなさい～!?」

ごごごごごっ、とフィーニスさまから理不尽にぶちギレられていたのだった。

161章　真の英雄とその正妻たち

「あたし、もうお家帰る……」

ずーんっ、と部屋の隅で膝を抱えているエルマの頭を、ティルナがよしよしと優しく撫でる。

ティルナはすっかりエルマのお母さん役みたいになってるなぁと俺がその光景をぼんやり眺めていると、未だご機嫌斜めらしいフィーニスさまが嘆息して言った。

「まったく、これも全部あなたたちのせい……」

「あん？　誰のせいだって？」

じろり、とフルガさまがフィーニスさまを睨みつける。

彼女は一度フィーニスさまにボコられているので、今も若干わだかまりが残っているらしい。

だがフィーニスさまはそんな視線など気にも留めず、淡々と言った。

「あなたたちが彼女に力を与えなければ、たとえ砕かれていたとしても、私の神器が浄化されることはなかった……」

「はっ、そいつは残念だったな。あー、残念すぎて飯がうめえぜ」

はぐっ、とフルガさまが干し肉を頬張(ほおば)り、にやにやと不敵な笑みを浮かべる。

「……」

「？」

すると、フィーニスさまが無言で俺の方へと近づいてきて、その身を俺に寄せながら言った。

「フルガにいじめられたわ……。慰(なぐさ)めて……」

「ええ……」

「ちょ、なんでオレが悪モンみてえになってんだよ⁉」

当然、どういうことだと声を張り上げるフルガさまだったが、

「……」

すっ、とフィーニスさまは俺の後ろへと隠れてしまう。

「いや、怯(おび)えたように隠れてんじゃねえよ⁉　つーか、お前あきらかにオレより強(つえ)えだろうが⁉」

「知らないわ……」

ぷいっとそっぽを向くフィーニスさまに、「このクソ女神……っ」とフルガさまは拳(こぶし)をぷるぷるさせていたのだった。

◇

「ごめんなさい……。あなたを殺してしまったことを謝るわ……」

「い、いや、そう言われても……」

ともあれ、これで聖神器の問題に関してもクリアできた。

となれば、あとはエルマに鳳凰紋章を刻むだけなのだが、今の彼女は色々と傷心中なので、俺は先に別件を済ませることにした。

「し、しかし僕は本当に生き返ったのか……？」

そう、フィーニスさまに黒人形化され、無残にもエリュシオンにばらばらにされてしまった男性の蘇生である。

彼は本当にただ巻き込まれただけの人だし、エリュシオンが魔物たちを使って人々を襲おうとしている以上、頼れる戦力は多いに越したことはないからな。

とくに彼のような〝光の英雄〟と呼ばれている冒険者は人々の支持も厚いし、是非協力を仰がないと。

というわけで、俺は未だ現状が理解できていない様子の男性を落ち着かせるべく、努めて冷静に事情を説明する。

すると、男性も徐々に状況を呑み込めてきたらしく、「……なるほど」と頷いて言った。

「確かに突拍子もない話だが、僕の命を奪った彼女……女神フィーニスがこうして君の言うことを大人しく聞いている以上、恐らく全て事実なのだろう」

しかし……、と男性は感嘆したように女子たちを見やって言った。

「その存在が同じ時代に現れることすら珍しいと言われる聖女たちを七人も従え、さらには伝説に聞く女神たちとすら肩を並べることのできる男がこの世にいたとは思わなかったよ。きっと君たちは僕らの与り知らぬところで世界を救い続けてきたのだろうね……。はは、なんだか自分が〝英雄〟と呼ばれていることが少し恥ずかしくなってきたな……」

「いえ、そんな……」

さすがにそこまで持ち上げられてしまうとこちらとしても気恥ずかしくなってくるのだが、どうやら女子たちにとっては悪い気はしなかったらしい。

彼女たちは次々にどや顔を浮かべて言った。

「ふ、まあな。正妻の私から見ても我が婿の働きは〝英雄〟と呼ぶに相応しいぞ」

「ええ、そうですね。私も〝正妻〟の部分以外はアルカディアさまと同意見です」

「だな。つーか、そもそも正妻はあたしだし」

「あら、面白いことを言うのね。正妻は私だったはずなのだけれど？」

「残念。皆勘違いしてる。正妻はわたし。エルマもきっとそう思ってる」

「えっ!?」

「ふふ、じゃあこの際だし、私も立候補してみようかしら？」

「おいおい、神のオレを差し置いて正妻気取りか？　おもしれえ、だったら全員まとめてぶっ潰してやるぜ！」

「そう……。なら私も容赦はしないわ……」

「い、いや、あの、皆……？」

今はそんなことをしている場合じゃないんだけど……。

が。

「はっはっはっ！　ならば我らも続かぬわけにはゆかぬな！　なあ、トゥルボー！」

「う、うむ……って、〝うむ〟ではないわ!?　思わず頷いてしまったではないか、このたわけ!?」

真っ赤な顔のトゥルボーさまに、イグニフェルさまが「はっはっはっ！　相変わらずそなたは愉快でよいな！」と楽しそうに笑う。

そんな彼女たちの様子に嘆息するのはテラさまだ。

「まったくあなたたちは……。少しは女神としての自覚をですね……」

「まあよいではありませんか。こうして彼の証が刻まれた以上、我らは女神であると同時にイグザの伴侶でもあるのですから」

ふふっと妖艶な視線を向けてくるシヌスさまに、思わずたじろぐ俺。

だが確かにそう、今の俺には頼りになる最愛のお嫁さんたちがこんなにもたくさんいる。

聖女たちは言わずもがな、一時はどうなるかと思った女神さま方も皆元気を取り戻し、〝終焉の女神〟と呼ばれていたあのフィーニスさまでさえ力を貸してくれている。

ならばたとえエリュシオンが創世の神の力を手に入れたとしても絶対に負けることはないだろう。

いや、必ず勝ってみせるさ。

たとえ俺の命に代えてもな。

わちゃわちゃと楽しそうにしている女子たちを見やりながら、俺はそう決意を新たに微笑み続けていたのだった。

その頃。

創世の神として君臨したエリュシオンは、自らの神殿――《神の園》の玉座に腰かけながら、眼下で蠢く肉塊に無言のまま視線を向けていた。

それは多種多様な魔物を混ぜて生み出した歪な母体であり、〝スキル〟とは別体系の力――〝異能〟を宿した新たなる生命体を囲う繭。

――ずぐしゃっ！

それが今まさに弾け、中から這い出すように人の形をしたものが姿を現した。

生まれたばかりだというのにそれはしっかりと二本足で床を踏み締め、死人のような顔色でありながらも真っ直ぐエリュシオンのことを見据えていた。

そんな彼にエリュシオンは淡々と告げる。

「〝ヨミ〟――それがお前の名だ。与えた力は《超復活》――たとえ死したとしても〝穢れ〟の存在する限り、お前はより強靭な存在となって蘇り続けるだろう。おめでとう、ヨミ。我が親愛なる配下――新たなる〝魔族〟よ」

「……はい」

そうして跪くヨミの周囲には、ほかにいくつもの人影があり、それぞれが異質な気配を放ち続けていたのだった。

「では始めるとしようか――世界の蹂躙と浄化を」

あとがき

お久しぶりです。

皆さまのおかげでこの『パワハラ聖女』も五巻目を迎えることができました。

いつも応援してくださって本当にありがとうございます！


さて、前回聖者たちの策略によってついに復活を果たしてしまった〝終焉の女神〟フィーニスでしたが、彼女は聖者たちを黒人形化した後、いずこかへと姿を消してしまいました。

そんな中、〝盾〟の聖女シヴァをお嫁さん兼仲間にしたイグザは、黒人形化したシャンガラとの戦いで聖女と一体となる新たな戦闘形態――〝聖女武装〟に目覚めます。

その強大な力で聖者たちを浄化していくイグザでしたが、ここに来てついにエルマとも再会を果たし、多少のぎこちなさは残るものの和解へと至ります。

が、そんな彼らの前に再び姿を現したのは、エリュシオンに首を刎ね飛ばされたはずのフィーニスでした。

彼女は依然姿を見せない〝盾〟の聖者の行方をエルマが知っているはずだと詰め寄り――!?

というような感じの本作ですが、今回はついにこの『パワハラ聖女』のラスボスとも言うべき最凶の存在が登場します。

これに関してはマッパニナッタ先生がもう本当にかっこよすぎるイラストで描いてくださっていますので、是非物語と一緒に楽しんでいただけたら幸いです。

ほかのイラストもとにかく可愛い、エロい、凄いみたいな感じになっておりますので！

またコミカライズの方も鋭意制作中ですので是非お楽しみに！


と、少々名残惜しくはありますが謝辞の方に移らせていただきますね。

イラストレーターのマッパニナッタさま、今回も本当に、本当に素晴らしすぎるイラストをありがとうございました。

ご本人には一巻の時から申し上げておりますが、マッパニナッタさまには本当に足を向けて寝られないくらい感謝しております。

担当編集さま並びに本作の刊行に携わってくださいました全ての皆さま。

そして何よりこの『パワハラ聖女』をお手に取ってくださり、今このあとがきを読んでくださっている読者さまに心よりのお礼を申し上げます。

この度も本当にありがとうございました。

願わくばまたお会いできますことを。

くさもち

ダッシュエックス文庫

パワハラ聖女の幼馴染みと絶縁したら、何もかもが
上手くいくようになって最強の冒険者になった5
〜ついでに優しくて可愛い嫁もたくさん出来た〜

くさもち

2022年 9 月27日 第1刷発行

★定価はカバーに表示してあります

発行者 瓶子吉久
発行所 株式会社 集英社
〒101−8050 東京都千代田区一ツ橋2−5−10
03(3230)6229(編集)
03(3230)6393(販売/書店専用) 03(3230)6080(読者係)
印刷所 図書印刷株式会社
編集協力 法貴仁敬(RCE)

ISBN978-4-08-631485-5 C0193